放飞心情

杜海龙 著

哈尔滨出版社
HARBIN PUBLISHING HOUSE

图书在版编目（CIP）数据

放飞心情 / 杜海龙著. — 哈尔滨 : 哈尔滨出版社，
2021.1

ISBN 978-7-5484-5478-6

Ⅰ．①放… Ⅱ．①杜… Ⅲ．①诗集－中国－当代②散
文集－中国－当代 Ⅳ．① I217.2

中国版本图书馆 CIP 数据核字 (2020) 第 154521 号

书　　名：放飞心情
　　　　　FANGFEI XINQING

作　　者：杜海龙　著
责任编辑：韩伟锋
责任审校：李　战
封面设计：树上微出版

出版发行：哈尔滨出版社（Harbin Publishing House）
社　　址：哈尔滨市松北区世坤路 738 号 9 号楼　　邮编：150028
经　　销：全国新华书店
印　　刷：武汉市金港彩印有限公司
网　　址：www.hrbcbs.com　　www.mifengniao.com
E-mail：hrbcbs@yeah.net
编辑版权热线：（0451）87900271　87900272
销售热线：（0451）87900202　87900203

开　　本：880mm×1230mm　　1/32　　印张：9　　字数：185 千字
版　　次：2021 年 1 月第 1 版
印　　次：2021 年 1 月第 1 次印刷
书　　号：ISBN 978-7-5484-5478-6
定　　价：58.00 元

目录

诗歌类

散文类

诗歌类

贺新春

鞭炮钟声送旧年，
琅琅诗歌散清烟。
高举美酒万家乐，
笑脸喜接压岁钱。
瑞雪飘舞迎新年，
姑娘穿花舞翩跹。
家家欢笑再相聚，
小曲欢言伴酒趣。
冬去春来又一年，
春花秋月两周全。
人生好似天边月，
闪闪耀眼得满圆。

网恋

年末最是断人肠，
红颜异乡路茫茫。
昨日闻歌空欢唱，
今宵良夜哭断肠。

爹娘

都说爹娘心中佛，
生时孝心有几多。
恨不百年建金庙，
活时不敬两佛陀。

无聊

夜深思情太无聊，
秃笔变成绕指柔。
待到天明剩自嘲，
隔天心事怕推敲。

暗恋

当初两小共寒窗，
青梅竹马正韶光。
岂料红绳偏未系，
引得珠泪洒两行。

红豆

红豆生来惹人怜，
处处抛撒粒粒缘。
人间浓情尚在此，
诗情总是火般般。

言情

眉清目秀笑也甜，
小楼如春梦如烟。
相爱有泪变成血，
抛向千山染杜鹃。

诗韵

梅边古韵诗百篇，
室内秃笔字万千。
花前月下情如船，
时光流走淡如烟。

中年

人到中年不寻常，
浪迹江湖气自扬。
坎坷几经成硬汉，
痴心一立似金刚。

梅

梅花独秀雪中来，
朵朵花瓣寒中开。
疑似仙姿天外至，
半羞带涩送春来。

少年

冰雪打松春潮现，
苦寒袭梅香更甜。
忆昔年少读书夜，
梦里流水与高山。

夜游

晚来河边观夜光，
岸边流水步履长。
南山寺庙唐代瓦，
北山白塔宋时墙。
碑林石匾繁如星，
万首诗书云中藏。
休闲之时赏小曲，
兰州鼓子养生方。

夜观

黄河岸边雾似烟，
流水潺潺似碧莲。
近前细瞧音乐起，
兰州鼓子在蹁跹。

相传

千古诗坛有二仙，
生花妙笔世代传。
唐诗宋词古风扬，
日曜星辰映九天。

翱翔

举杯邀月吟诗兴，
河边秋风借晚凉。
欲把黄河比长江，
海阔天空任翱翔。

茶

清茶一盏净，
两小无猜心。
观音一品香，
浓茶亦醉人。
醉人茶亦醉，
醉后言不避，
我以话为茶，
茶中有文化。

黄河

黄河之水如碧汤，
绿满两山月满塘。
心高气爽赏夜色，
不让愁绪损柔肠。

忆同学

保健人生五十年，
人非圣贤叹茫然。
病魔缠身已九月，
命丧黄泉破家园。
回想少时不等闲，
人到中年世道难。
纵是赌场苍生树，
销魂撒手同学叹。

婷婷

秋雨过后看远山，
小楼隐现彩云端。
忽见婷婷赛花仙，
仙境原来在人间。

变化

漫步田间感物话，
小雨情思伴诗华。
歌声连成一幅画，
撒向大地变雪花。

画卷

信手拨得画卷开，
山清水秀映楼台。
窈窕身影显清丽，
为爱月下诉情来。

梦乡

昨夜借笔画梦乡，
千姿百态描轻狂。
散竹斜影眼难辨，
睡眼依稀看云烟。

寄相思

记得当年同一舟，
两心相悦爱无忧。
登高远望山外楼，
情感流泪不可留。

已白头

风霜雪雨冷影独，
云遮孤月雪压秋。
花前月下话音远，
浪迹天涯已白头。

忆慈父

慈父仁爱体修长，
直言快语气宇昂。
人生坎坷性刚强，
音容笑貌记心肠。

有感

金城两岸卧南北，
古寺黄河小溪楼。
晚风轻拂白塔寺，
五泉睡佛各春秋。

朋友

仲秋月圆夜已浓，
正是怀亲忆友人。
独处茅房话长夜，
辛勤劳累不得歇。
愁看秋菊染白霜，
祁连白雪飘茫茫。
明月多情无语传，
托与石头叙思相。

星月

书桌伴云星月残，
平仄对仗可移山。
秃笔夜落飘零处，
此情题诗送夜阑。

借梦

今借时空养闲身，
午后彩云兴无穷。
放眼也观骚人雅，
一梦小雨到天涯。

巧遇

知己朋友根无涯，
漂泊四处自当家。
忽遇一友平常客，
杯水之情又桃花。

贺

国防宾馆喜开颜，
小戏小品培训班。
写作漫步桑间路，
戏曲开心陇上原。
今秋微风邀明月，
黄河岸边字万千。
三县五区风流笔，
写尽兰州锦绣篇。

石穿

水滴石穿千百年，
勾践十年尝苦胆。
诗情润透李杜笔，
夫子搔发挂九天。

月色

万里晴空生丽句，
黄河边上诵律词。
一片相思如月色，
蓝天充纸笔丰姿。

黄河岸边

黄河岸边水韵悠，
晚风轻拂古城秋。
水车挠起思乡乐，
知我憩息梦那头。

话兰州

黄河岸边话兰州，
南北两山有禅楼。
陇原千里瓜果乡，
甜味犹如古韵流。

秀恩爱

树上燕子啄爱泥，
双双回落绿萋萋。
河道两旁柳叶绿，
遮掩游人望眼迷。

无聊

读完诗书去桃林，
游览弯弯扯白云。
斜阳久待空照壁，
山径槛外小溪吟。

上网

网络交友绕思愁，
满天星光落未休。
多出一人遂流水，
少个遐想上心头。

石头

石头归何处，
寂寞无言诉。
不知哪时有用处，
冷落谁来垂目？
都言其身不凡，
时下流落人寰。
一醉梦里归隐，
不言愧对上天。

创作

杜鹃鸣啼无意心，
一树绿叶两院荫。
平仄对仗留半阕，
明月升起夜声吟。

有感

蜘蛛烦事不明言，
笔下清风画玉坛。
思绪朋友天下客，
不知五月过江南。

两山绿化有感

三月春风冰雪消，
呢喃燕子戏柳梢。
南北两山披新绿，
满坡植树小鸟妮。

小草

此花不与百花同，
含笑丛中御西风。
凄凉霜露犹艳丽，
满园依旧香更浓。

游北海

游览北海名胜湖，
古树含笑柳眉舒，
仿佛置身天外边，
踩上白云返人间。

五泉山

绿树苍松披满山，
流出泉水自往还。
名胜古迹聚人气，
不知游泊住哪间。

零乱

蝉声夜幕雨潇潇，
书房秃笔灯影摇。
咬文嚼字凑文章，
写的诗文不像样。

惦念

遥望星辰月色寒，
倚栏深处玉盘圆。
不知同窗今何在，
四季如春驻笑颜。

解愁

平仄对仗无佳句，
韵律公正不见诗。
渠修泉边水自到，
何须对纸锁愁眉。

滨河道

明月点缀金城夜，
霓虹闪烁倍牵情。
黄河风情滨河路，
小雨过后在听琴。

夏韵味

伏天疏星蝉声唱，
河边情侣合衣酣。
小鸟巢穴嬉笑闹，
众人乘凉树边闲。

网络

网络文章吟兴高，
篇篇诗词也风骚。
挥笔啄韵敲佳句，
竟要诗仙亦折腰。

劝戒

人生戏剧各春秋，
男欢女爱各有愁。
千千心结勿饮恨，
劝诚朋友少思忧。

餐后

黄叶纷飞大雁翔，
晚风吹得阵阵凉。
河边散步归来晚，
折得繁星几多点。

构思

三台阁楼放眼眸，
喜爱诗词上亭台。
晚风吹得情似海，
带与书房一起开。

怜同学

黄河岸边柳丝挂，
风吹婆娑点水花。
忽见建兰锁秀丽，
柳条替她垂泪花。

道观

昨晚忽闻噩忧伤，
哭诉道人柔断肠。
明知世上无长生，
师徒二人相继亡。

昨晚

昨晚巨风斫地裂，
雷霆怒吼电闪连。
冰雹过后大雨啸，
苍天也会开玩笑。

兰州

黄河滚滚自东流，
岸边水车枝红柳。
一弯明月悄然去，
留得秃笔伴风流。

沙丘

自然景观四季帆，
天南海北红豆南。
小雨润土北国烟，
沙丘之上越千年。

异地恋

痴情人儿盼郎归，
望断秋水事总违。
唯见舟中多爱侣，
更添双颊泪纷飞。

愿

杜乐诗歌砌成墙，
好似珍珠挂满房。
千锤百炼待日后，
万里河山沁清香。

有感

为情题诗千百句，
一吟一叩一低徊。
满屏空间谷壳堆，
思绪乘风去不归。

知深浅

笔写灵性心若禅，
刚正不阿重如山。
久渡黄河知深浅，
撑起远航万里船。

台胞

痴心不改寻根意，
皓首难移赤子心。
身处异地思万绪，
落叶归根慰乡邻。

游新疆

明珠西域敞胸怀，
高山雪莲朵朵开。
冰山雪峰佳酿醉，
喜引游客故人来。

雪

轻盈飘白遍河山，
朵朵玲珑展素颜。
苍穹原是采花盗，
偷来仙物撒人间。

怀旧

欲问春花秋月暖，
各类鲜花满山川。
月下追忆年少狂，
天伦之乐在眼前。

仕途

披荆斩棘路三千，
遥望山河月挂帆。
大海茫茫波涛涌，
九天揽月下江南。

情怀

痴情当真本甚难，
情到深处雾中看。
山水同音长青竹，
既耐秋风又耐寒。

云烟

微风轻吟欲问天，
幽思一缕觅清欢。
可叹骚人多骄横，
情思随风付云烟。

自悟

小溪流水自清明，
平平淡淡绕道行。
不与其他争上下，
默默无语作涛声。

感言

诗声阵阵传窗外，
香飘五六七盆花。
来访友人无须问，
琅琅书声是吾家。

难忘五月

握笔写诗泪两行，
瞧见荧屏不平常。
地震惨状举天哀，
我与斯人知夜长。

我的痛

地震才几日，
逝者已千古。
血脉流不断，
汶川悲壮情。

今夜让我为你点燃

今夜让我点燃
20075 根蜡烛
每一根蜡烛代表着
中华儿女的泣血哀号
20075 根蜡烛里有着
华夏儿女对苍天的祈求
让失去生命的同胞一路走好
没有你们的日子里，思念让我为你祈祷
点亮的 20075 根蜡烛
中华民族要让你透过烛光
看到全民的牵挂，不再让你孤独
为你们送去的最后的哀悼
请相信地震无情人有情
大震之后必有大爱
当悲歌哽咽过去的时候
曾经的灾区依然建设得更加美好

卫星上天

雄伟神七上太空，
无边宇宙眼中收。
吴刚捧出桂花酒，
欢喜嫦娥舒广袖。
国人扬眉多壮志，
敢教日月换新颜。

自秀

身处冰峰傲孤单，
伴山陪月影姿淡。
芳不惧袭仍自秀，
寒留清香笑牡丹。

长相思·贵贱

人生坎坷是亦非，
归来无处叩心扉。
柳条无泪替人垂。
醉眼看人无贵贱，
暗自伤怀珠串串。
大珠小珠入玉盘。

长相思·心宽

前一竿，后一竿，
小溪流水筏竹船。
悠然随波还。

上看山，下看山，
四面环山多景观。
人随心底宽。

花语

昨天去了花圃
从各种花卉树木下走过
它们是大自然的产物
从世界的各个部落走出
展示它们的芳香
古银杏
松柏塔
君子兰
杜鹃花
无花果
火炬
巴西木
蝴蝶兰
文竹
它们各自展示着异姿
在明亮的大白天
我把它们拥在眼前
却没有声音飞出
只觉得世界变得如此斑斓多彩
当我从朝霞的一缕光线中看到
是它们露着芳香
静静地爬上了八楼的窗口
在我眼帘下滑过
文竹却像
一位文静的姑娘
吸取属于同一时代的阳光
也诱惑我的思维要展翅飞翔

花香

小桥流水绕树旁，
杨柳倒垂溢思香。
更有奇景在花上，
香味浓浓胜苏杭。

春游有感

郁郁桃花树，
盈盈碧水旁。
娇嫩小姑娘，
身穿花衣裳。
彩蝶飞舞幻，
清波涟涟狂。
倾城痴若醉，
妮自是家香。

红梅

红梅笑迎立庭楼，
千姿百态花容秀。
吐蕊优美伊人照，
瑞雪飘舞香在笑。

怅惘

青山绿水掩书楼，
抬首仰望思不休。
缠绵情书迷泪眼，
秃笔又写小宜恋。

醉新春

人天同处醉新春，
明月引灯合家笑。
白雪皑皑敛寒威，
良辰哪得比春宵。

万里

万里山川共婵娟，
千里乡愁又一年。
百里相逢迎春月，
十里今宵照无眠。

伊人

远避群芳独自秀，
隔屏眉黛情依旧。
霜湿长裳香满袖，
可知小溪水空流。

长相守

举头仰望星河久，
露寒浸湿双肩袖。
曾留情谊话不朽，
但求此缘长相守。

叹

莫叹人生雪飘后，
锦色不许春光溜。
情欲好比黄花瘦，
卷帘又惹新愁凑。

娇妻

别情酿成心上酒，
明月今宵难吐口。
相思织就绫罗缎，
一针一线双手团。

不服老

偶遇朋友谈已老,
黄河流水浪滔滔。
听似韵音云岭外,
纤纤细韵动情稍。

暗香远

闻知梅开腊月寒,
游人争睹祁连山。
梦里花开暗香远,
独赏小娇纸上恋。

怀萦

情深似海夙愿悭,
平地生烟离恨天。
万种风情怀萦梦,
青春飒影祁连山。

梦吟

长忆青春露初芽,
小园招蜂引蝶花。
寒露今庭夜渐深,
窗前孤灯梦如画。

悟

款款情深见真心,
小楼昨夜悟前因。
也道身在情长处,
无奈人生望天涯。

苦作舟

寒夜漫漫聊天愁，
风吹雪花逼高楼。
苦涩涌入文章动，
秃笔变成绕指柔。

思绪

男女之情连环扣，
欠人之情在高楼。
遥望异人影遮去，
不思明月影下头。

欣赏

晨鸟跳跃相互语，
知己缠绵话长亭。
暗香吹来千帆少，
折段梅枝自欣赏。

问道

闲言话语怯说贤，
无情风雨湿双肩。
坎坷人生如何卸，
划船扬帆问客船。

人生

人生漫道说情结，
哪有平地不风波。
高山浅水留诗句，
短笔长纸写晚霞。

贺岁

山河连天鞭炮响，
大地又是一年春。
不觉中华猪辞旧，
喜迎奥运鼠鼎新。
鸿雁传情书谊笃，
贺岁处处见真情。
开创未来同奋力，
只争朝夕震长空。

夫妻

知心话语如琴弦，
风吹雨打愈缠绵。
两心相许香为证，
冰雪打松爱千年。

兰州情

两情相悦一镜收，
阿哥阿妹共悠悠。
俏丽佳人黄河水，
甜味独浓古兰州。

星空

那日午夜望银河，
千只星背恩爱驮。
此情迢迢天际起，
年年月月说娇娥。

看雪

昨日雪花撒满地，
脸庞化雨顺腮滴。
才把雾霭当雪看，
洁白却比花飞急。

醉影

酌酒三杯能醉客，
写诗论情不容悲。
最是小园景色好，
含羞红杏影出来。

相遇

白云飘飘思悠悠，
新春相遇在小楼。
语音难分垂柳色，
夜思莹歌渡兰舟。

期待

曾待喜鹊送好音，
今闻诗畔落潮吟。
闲云来去知千古，
几日黄昏明月心。

梅

初冬月影独倚楼，
西风吹得冷飕飕。
寒梅傲骨朵朵艳，
谁识暗香在几楼。

梦

星辰银河满碧涛，
遥望伊人客舟摇。
痴情喜鹊多情意，
彩虹架桥圆梦宵。

梦境

昨夜梦犹见，
对仗诗心连。
我欲昂首观，
溪流变大川。

勇者

为情所爱有心开，
不因红花嫌绿矮。
青山依然松翠绿，
为赏夕阳顶峰来。

新声

夜深油灯忽闪颤，
窗外雾绕树梢连。
秃笔墨迹刚已断，
便有情歌吐肺言。

深处

水阻山横缘在山，
欲穷千里云外看。
千锤百炼皆有理，
诗到深处情里含。

苦练

诗有灵性才称绝，
酒到微醉才入仙。
好诗有道同窗悦，
三分天赋七分艰。

又一夜

妙笔生花露才能，
秃笔啃字泪纵横。
明月一轮又阴暗，
古梦今诗照君还。

有趣

劝友重拾学文前，
勤学苦练不计年。
平仄对仗诗中得，
点缀人生有趣年。

男人

男儿有泪不轻弹，
志者有恒强过天。
默默无语不寂寞，
一鸣惊人谱华年。

夜叹

读书写诗已为缘，
春夏秋冬忘流年。
昨夜明月来相伴，
今宵诗书不忍眠。

自嘲

草稿百篇犹恨少，
新诗半句亦矜多。
熟读唐诗三百首，
不会写诗也会吟。

寻找

昨夜等风送佳音，
忽闻惊涛浪里寻。
手持秃笔凝思久，
更叹情趣深似秋。
回味花前月夜宵，
更叹海边落潮吟。
天穹深邃知千古，
寄予今宵明月心。

春

晰晰烟雨洗飞尘，
山川河流润无音。
岭下清风催绿柳，
千里平原已然春。

初雪

登高望远系襟怀，
逸兴勃然放眼开。
初冬江南景色好，
隔天初雪掩楼台。

秋

遍地黄叶展金宵，
秋景迎风落叶飘。
南飞大雁排异彩，
北来游人竞折腰。

竹

春风今宵雨意浓，
挺拔峻峭指苍穹。
油绿清爽根节亮，
笑语欢欣迎朝阳。

冬雨

山巅放歌吟寒风，
黄河驻足看长龙。
浮云不懂旁观者，
随风落下铺金城。

城中过

黄河碧水城中过，
铁桥飞架如龙活。
笙歌岸边丝绸话，
马帮驼铃已过河。

童年

孩提老友记忆真，
海角天涯系故根。
革命情谊连旧梦，
额皱银发舒知心。

闲思

一夜秋风带雨浇，
读完诗文脑后抛。
不待天明速起身，
河边波涛捡几包。

金城

皋兰山上雨蒙蒙，
攀到顶峰雾霭浓。
低头俯瞰金城夜，
昔日旧貌换新颜。

相聚

夕阳晚霞月梢头，
对饮香飘悦宾楼。
酒香袭人意不散，
吾与我情交心流。

叹

旧梦已别新愁远，
新枝没发旧枝残。
天书无字谁能解，
恶言咒语三伏寒。

时光

吟诗作歌自风流，
宦海情场两罢休。
秃笔横天似笑傲，
风霜也白少年头。

唱歌

游览群山多自意，
巅峰瀑布带情离。
陇南芳草静宁鸡，
一路诗歌唱向西。

听秦腔

茶府阵阵散清香，
手捧诗书坐椅旁。
忽闻耳边奏民乐，
低头在看说秦皇。

鸟

苍峦叠叠皆成画，
碧水莲莲悄悄话。
遥望杜鹃飞远岫，
风传细语诗赏花。

有感

飘逸舞姿韵味长，
星星点灯耀霓裳。
拨开轻云凡间去，
七仙美女哭断肠。

夜光杯

明月花下浸心扉，
举杯独自饮两杯。
酒煮诗歌词入口，
变为雪瓣撒兰舟。

鹤

寂寞情怀远，
冰心对月悬。
瘦骨临风立，
单鹤唳长天。

梅香

寒来方知谁最香，
月没银光不透亮。
独怀深情踏雪去，
朵朵红梅带沁香。

游玩

黄河两岸看游船，
云帆高挂半壁天。
乘风破浪无止境，
天涯海角似港湾。

羊皮筏子

河堤诗篇写满坡，
黄河流水韵味多。
羊皮筏子水中舞，
一路诗风吹过河。

自乐

晨风邀我到河边，
放眼看去绿成片。
没带鱼竿没带饵，
诗书伴我钓海天。

自勉

远影山林夕阳小，
近邻远亲身影长。
莫言人到中年后，
扬鞭奋蹄自当先。

寒山雪

春看黄河凄切切，
夏看黄河迎晨曦。
秋看黄河柳伴月，
冬看黄河冰山雪。

晨练

晨上白塔古寺休，
半云半雾几时收。
微风吹过惹人笑，
塔顶气爽几白头。

感喟

嚼文煮字花未见，
百花当数为牡丹。
平仄对仗细推敲，
古韵文章藏锦囊。

闲聊

初中同桌记当年，
红旗飘飘老三篇。
说到情深无语处，
笑问今有养老钱？

兴趣

信马由缰来消磨，
无思无语怕烦多。
偶尔侧身瞭望去，
红尘有爱看黄河。

寻找

知己迟暮晚，
月上树梢头。
云从天际过，
诗歌静中寻。

倩影

文竹月下风流艳，
绿姿摇曳倩影娟。
清芬潜入幽香梦，
挺拔俊俏问世间。

感怀

雨打芭蕉花无知，
清窗纱帘泪已湿。
心随明月自卷舒，
一帘幽梦诗中出。

教诲

青山掩埋慈父坟，
周边松柏绿草萋。
西服穿身情不忘，
又梦教诲一断肠。

忆风流

昔日临洮今日游，
琵琶旧曲忆风流。
貂蝉远去倩影尽，
吹拂笛声破寒晓。

篱笆

只爱蝴蝶不爱花，
诗歌词汇是邻家。
莫道东风江畔舞，
削去红楼爱篱笆。

问嫦娥

望断西域无奈何，
貂蝉久远隔天河。
秋风袅袅洮河波，
情到深时翁奈何。
旧诗今日泪痕多，
白云深处问嫦娥。

前行

树遮残阳碣云封，
诗情画意又几重。
莫言从前走旧路，
风光无限在前峰。

抒情

昨夜小溪竹楼旁，
燕子衔泥筑巢房。
溪中双双凤尾鱼，
亦偷闲情变牛郎。

新友

相遇相别也匆匆，
心有灵犀一点通。
自古知音多晚遇，
珍惜迟暮谢冬风。

乐悠悠

游览郊外到滩尖，
虚设浮生一日闲。
楼阁红墙临碧野，
河水滚滚映蓝天。
侧耳聆听鸟声脆，
笑口欣尝时菜鲜。
美在野外无喧时，
梦幻身处在桃源。

差评

谈诗论词喜盈盈，
文稿不通小书生。
不思进取乱行文，
有辱当年孔圣人。

生灵

河边的石头一块，
岸边的小草一痕。
都那样神奇有灵，
让我悟性了人生。
石头有它的灵魂，
绿草那淡静清纯。
我知道了石之道，
还有小草的知音。

河边小作

夕阳紫霞生白烟，
晚风吹醉睡小船。
莺歌白鹭对诗句，
啄破黄河水底天。

对歌

庭院大树对阳台，
画眉喳喳日日来。
月下闲谈作诗语，
鸟语自鸣不须猜。

小愁

情入黄河水，
友交两片云。
雪花传短梦，
明月寄痴心。

归来

西域初寒菊飘香，
时下二月裹雪装。
南国红豆挂红墙，
一边温暖一边凉。

送别

河面野鸭尽成双，
恋恋麻雀左右翔。
知已相遇无所赠，
清清流水送情郎。

看景

青山绿水小石桥，
掩映半山浮云飘。
别样风景别样看，
悠然心情别样娇。

念童年

聚少思多少儿年，
今非昔比旧容颜。
捎去思念到君处，
半逐溪流半入天。

伤身

伤感多少事，
独剩影随身。
寄情柳下月，
遥蝶泪珠襟。

分离

情恨秋来风雪天，
离后别愁日如年。
抽笔描情忆缱绻，
抽刀断水梦缠绵。
月下相思欲难渡，
孤灯星空月未圆。
梦幻春花绿荫诗，
蝴蝶心结万千千。

新腔

春风杨柳吼新腔，
诗歌散文泥土香。
辈出新人常欣目，
芝麻开花好篇章。

西行

千里西域山巅青，
秋退冬望云烟萦。
初雪香沁人如醉，
疑在银河故里行。

陇南游

与友驾车赴陇南，
山清水秀显蝶恋。
难得笔友描诗画，
一路山歌诉情话。

观彩霞

自然奇景让人夸，
天庭神化绽奇葩。
自惭不是丹青手，
空对西域七彩霞。

吼晚霞

信步郊外看野花，
梗子边上欢歌娃。
信天游歌音喉脆，
句句随风入晚霞。

忆莲

回忆忆莲旧草堂，
青梅竹马夜飘香。
情窦初开花未开，
又梦秋雪一断肠。
怜惜忆莲遥无期，
遥望飞雪踏鸿泥。
千情相思何处诉，
纵有白雪在哭啼。

竹海游

诗画飘古景，
细雨润新蕉。
溪水不见涛，
回望路迢迢。

采桑子·西域雪

愿和冰雪交知友，不是无情，独有深情。
皎洁纯白剔透明。
西域攀高诗情笑，傲骨铮铮，暗香郁飘。
好一派北国风光。唯有风雪卷狂飙，
唱尽天涯剑出鞘。

阆中

长伴青山人不俗，
雪夜酷暑此中无。
高山流水听溪音，
奏曲瀑布对月明。

夜观

青稞酒浓忆春秋，
苍茫大地钟鼓楼。
欲以举杯邀明月，
春寒素裹祁连秋。

观后感

滚滚长江东流去，
雄伟黄山烟云息。
梦幻奇景展眼前，
笑对人生抑郁剑。

客栈

黄河波涛数百里，
小桥流水几人家。
梦幻客船曾相识，
含笑问君可用茶。

心静

碧波云霞五色飞，
朋友离别梦多违。
变幻风雨迷蒙路，
月悬书屋看落晖。

艰辛

朋友相聚话别离，
坎坷创业伴夜行。
酒过三巡道真情，
人前笑貌给予谁。

灯下

长烟飘野壑，
远山夕阳凝。
秋风吹枯树，
衾被月下灯。
伏窗看初雪，
侧耳可闻松。
笔倦人不寐，
菊香余梦中。

家乡

小村流水裹轻烟，
水车悬挂在岸边。
忽闻远处有歌声，
诗情画意水中天。

展显

枯枝束束栽植垂，
不为娇嫩来展眉。
傲雪拒寒显真理，
偏于雪花争红晖。

蝶恋花·答杨芬

槛外秋菊散冷香，清郁回肠，无语费痴猜。
寄情月下水云天，南国相思北国咽。
昨夜小楼又欲风，梦里孤影，墟烟伴杨芬。
难觅相见何日，总盼天涯再度逢。

明白

枫叶萧萧落几程，
浮云散去雁留声。
遥望星空情依旧，
山花小溪已知秋。

酸不酸

独坐书台绪无端，
诗信也怕三九寒。
读罢留言美梦碎，
字里行间心情残。
飘零无助靠谁伴，
寂寞蝶儿只自弹。
缕缕红蕊引舞蝶，
飞回巢湖尝杏甘。

暖冬

夜深四处清，
诗歌催梦成。
不知阳当舞，
早起问暖冬。

上网

无争无语自无愁，
电脑桌前书伴楼。
大千世界任你游，
知己网友遍神州。

谁知味

暗藏相思几度违，
天高星稀彩云飞。
眺望琉璃迷惑镜，
音容笑貌鸳鸯围。
四面花园非我有，
双手捧书吟诗味。
相思情缘当茶饮，
共此异地做酒杯。

寄情思

细语妙笔写柳条，
蝴蝶斑斓色最妖。
诗歌里面寄情去，
愿化细雨洒芭蕉。

相思

无奈伤感谁可知，
风中提笔写相思。
自古风流初照壁，
梅花却是有情谊。

雅正

黄河之水滚滚流，
磅礴昂首不回头。
天地悠悠共长久，
浩瀚缘于诗歌留。

如画

春柳翘首迎花开，
姹紫嫣红蝴蝶来。
千叠红蕊春如画，
半帘晓笛任风刮。

自语

月上书案头，
情意两厢投。
星光呈阅览，
山水诗温柔。
鸟瞰多情树，
东西小竹楼。
草堂吟诗处，
无语自风流。

草屋游

芳香云破蝶儿飞，
飘逸古诗万里碑。
李白堂前三叩首，
万水千山依然秀。

重阳节

九九重阳温馨首，
七九相重赏菊酒。
登高望远最如意，
日月并阳手牵手。

观赏

冬雪飞舞帮春时，
惜香人远观赏迟。
瘦影横斜朦胧影，
弄姿仙花两三枝。

自知

九九重阳望遥空，
秋雨瑟瑟催冬风。
寒雁南飞雪不远，
老翁淡雅度晚年。

赏梅

夜静音清笛伴萧，
梦中寻芳路途遥。
暗香捎来枝上喜，
梅在黄河第一桥。

寻梅

万里冰山万里霜,
棘路寒山雪茫茫。
冰薄沙扬短草黄,
寻梅不惧着素装。

心 愁

忽闻友人心不休,
缠绵几载独木舟。
莫非行人双目泪,
痛饮红酒换新愁。

梅骨

白雪皑皑挺韧枝,
红装素裹玉为衣。
傲骨铮铮容难改,
红瓣凛冽志不移。

春分

无根无蒂飘雪花,
眼前茫茫冬尾巴。
梅花潇洒走天涯,
小草何日润春芽。

诲之处

吹进凉风方知迟,
缠绵蝶恋万般诗。
如梦云色霜如雪,
方知寒冷在此时。

错怪

天生丽质娇媚人，
翻书悄过怕惊尘。
相思蝴蝶相思梦，
瑶瑟无须怪古筝。

对歌

情肠炽热青春热，
妙语清纯心地纯。
相思愈浓痴情浓，
情意绵长情歌长。
秃笔伏案似佳人，
铁杵磨针苦和乐。
妒煞绫罗娇媚妇，
金山银河总无助。
相思鸳鸯情意深，
吐丝春蚕情思尽。
五彩世界千千鹤，
敢与佳人唱天歌。

未眠

寻春笔头情难了，
披星赶月出草稿。
坐卧寒舍构思残，
手握秃笔待耕田。

醉海棠

饮酒作诗整四行，
一份自信三份狂。
江南桂花醉海棠，
莫笑西北小儿郎。
叶正黄时晚归来，
佳人惊疑莫乱猜。
情网不为天堑开，
窈窕直闯爱河来。

黄河楼

明夜登高黄河楼，
天上人间一样愁。
想看群仙蟠桃宴，
柳梢枝头轻舟远。

乱相

呕心何必乱推敲，
不要疯狂点鼠标。
搬来牛头亲马嘴，
硬拉某怪配人妖。
离奇之趣方为宝，
话越风骚境越高。
好似招牌来摊派，
不管风雅与离骚。

偿还

几树紫藤缠儿郎，
花影遮日诗中凉。
盛情难得书中桌，
造字煮句还娇娘。

秀色

小雨身影好似燕，
怀抱诗歌看游船。
对岸才郎饥腹忘，
窈窕淑女亦可餐。

打工仔

原本人生为己忙，
为人作嫁又何妨。
凭借自己好身板，
打工跑路换便当。

高楼

卧看高楼霓虹深，
红粉佳黛伴书人。
多情宝玉风流笔，
写尽群芳泪怜痕。

夜思

秋夜情思小雨家，
低头吟诗忆小丫。
怀抱琵琶独奏韵，
身伴月影闲看花。

深情

四季花开挂满庭，
鸟语花香景连情。
夜来诗兴闻涛声，
牵手直欲驾长鲸。

雪

漫天飞雪银色佳，
翩翩起舞播玉花。
遥知吐蕊暗香来，
先降人间第一花。

听歌

一汪静水莲碧波，
鸳鸯戏耍依托荷。
小鸟低飞羞闭目，
山水同音听情歌。

游天下

我梦黄河水流急，
异地悲欢谁解意。
文韬武略天下游，
驼铃夜出古兰州。

执着

夜阑笔不怠，
文章情思长。
砥砺新峰颖，
来岁更回眸。

再游草堂

文山书海古文苍，
千年而下自幽香。
茅屋书台文章古，
辜负李白旧草堂。

暗香

黄河无语渡船划，
暮色小巧渔人家。
远山近水云乌涯，
暗香涌进蜡梅花。

气魄

秋水淡淡
落叶漫漫
秋去冬来雪花卷
梅花欢喜露笑颜
赏尽人间千风帆
再握长竿钓海天

诗篇

几多惆怅伴晚昏，
思绪翻飞梦追魂。
闹市华灯浪漫夜，
小屋飞出诗千篇。

道白

小家碧玉绕蜂恋，
西域野花蝶缠绵。
芳心一刻应对联，
何曾不顾方草园。

入梦

月光对着大山俯视着
大山枕着月影的柔色入睡
一朵芙蓉伸出丰腴的手臂
搀扶着她的爱人孤独入眠
婀娜多姿的舞裙
竟将他的灵魂悄然引去
仿佛飘入那仙境
还带着骨肉冉冉升起
一片片枯黄的秋叶
从碧蓝的高空中下落
又回到自然的景观
可他依然搂紧滚滚红尘在眷恋

芬芳

沐浴着如墨的树影
独自站在月夜的庭院之中
可以闻到月下我爱人的幽香
听到花和月的窃窃私语
月夜的静默在秋风中吹过
满院静寂而树叶一阵阵喧哗
唯有我的至爱白色的菊花
依然对月色散发着它的芬芳

轻风言

夜晚的轻风
吹过那五洲
我痴情的歌
流香在半空
银色的月亮
何时照心头

鸟语花香

中秋月后 举首仰望
天空无云 大风呼号
大海怒吼寒流万里
山野骚动 可曾看到
侧耳倾听 月光长照
我影你语 鸟语花香

手

往往人称的残花败柳啊
比灿烂的花簇更加可爱
它能在伤者忧郁的心窝
引动更多的幻想和柔情
别离的忧伤暧昧的一刻
比甜蜜的从前更为动心
因为他们有离别的痛楚
得到的恋人怎肯再失手

以往

畅饮内心的思绪
不觉又回到往日的翱翔
那曾经飞逝的爱情
痛苦的记忆都浮在心上
美梦的无常使人好笑
悲哀消失在晨曦的拂晓
思念中的往日娇娘
似杯中的泡沫不见模样

红颜

是的 我享受过了
曾经的红颜知己
以往的喜悦心情
至今留在我梦里
别了 我的红颜知己
激动的热情荡然已去
随着秋天枯黄的树叶
欢乐的美色已经枯萎
离开了我的红颜知己
欢乐的日子往哪里去
夜幕降临后我的四周
又落下无聊的沉郁暗影

不曾忘却

我以为她把我已经忘却
痛苦心情再也无能为力
她说些早年以往的过去
事件发生也有她的固执
年轻的疯狂盲目的痴情
自私的梦幻得到的忧郁
枫叶落红了情缘的大地
相爱的蝴蝶又飞到一起

迷惑

落叶满空山
海深情诗连
红叶落纷纷
寂寞满庭院

泪花

月光下你曾对温柔的她
是否感到良心的痛惜
纤纤柔弱的心肠
不曾使你觉得悲伤
那寒冷的季节
围在脖子上的白色围巾
就像他伤心时流的泪花
往日的追忆不再继续延下

伤

你的面貌雍容华贵
蝴蝶见你也会羞愧
怎奈凡人通俗感情
滑落了衰老的天公

流过

潺潺的小溪从木屋前流过
水中的游鱼含羞而轻轻地把小溪抚摸
执着的小鱼对小溪那份深深的爱
常能听到小溪对游鱼欢畅的歌

工艺品

你长得如此没有错误
艺术家在石上雕出
既有这唇边的笑意
又有冷酷前额的愤怒

微信

好人好梦好诗篇，
中秋月下与君欢。
寄情月下水云天，
南国相思北国咽。

冲动

是谁的思想在激动中
把你的美丽和秘密发现
是谁用五彩的笔描画出
如此美丽的天庭容颜

抒情

你的自述和网络空间
我热爱其中的每句呼唤
话语里饱和着爱人的眷恋
还有南国的相思豆一串串
别再让我猜测你的故事
把你的叙述快点炙起
梦幻中的火焰四散传染
熟悉的身影漫步阑珊

留言

虽然你在遥远的地方
但我们的爱恋并没有分离
你倦意的眼睛和性感嘴唇
将会折磨我的记忆
我守着寂寞的文章憔悴
心里面装满了思念的咖啡
哪天我要为爱情去死
请你在我的身边叹一口气

雪莲

只有冬雪飘香
她洁白神圣的芬芳
在朗朗乾坤的世界里
灵魂自由轻轻翱翔
大地沉睡河水荡漾
远去的山庄那寂寞的地方
随风飘浮的冰山雪莲
正在思念的岸边开放

珍惜

中秋月下美丽的女人
趁着夜色我呼唤着你
祝中秋快乐还有爱情
幸福的生活请你珍惜
让爱人贴近你的呼吸
扬起的风帆永远是你

情伤

我苦于对梅的相思之情
夜深沉沉星星就要烧尽
我的爱心枉然失之交臂
原来你的美丽无味散尽
心扉上涂抹着情的回忆
记忆中却留着你的美丽

梦中情人

遥远的梦中情人
单纯的我常常在夜深人静的时候把你暗恋
自由美丽的幻觉常在脑海里闪现
侵占了我对你的深深眷恋
你的双眼流露出令人销魂的光泽
透出了你那深不可测而又迷离的恍惚
有恰似宝石的光辉显得无比柔和
灵魂被捆绑在你的梧桐树下引来了异常的思念

心扉

雪儿短短的诗歌醉人心扉
仿佛回归到遥远的年代
那靓丽的青春正在发芽
好像雪卉诱人的眼眉
给心灵深处带来无语的欢快
已往的沉思和抑郁躲藏在无语的后背

送别

在那短短的时期
带着浓浓的情谊
无比格外地爱你
恋恋不舍地送你

是谁

见面匆匆一瞥
融入与你的恋情
陌生隔断了古老的岁月
热血挥洒了无数的青春
而我怀里还揣着那半首诗
满纸写着思念的情歌
热恋的心已经陶醉
纸面上不知道写的是谁

络腮胡

剃须刀上下滑动
刮不去
一脸的络腮胡须
满脸的风霜雪雨
日日卖力
肥了大块头老板
消瘦了自己
只剩下半锅米

劝人

站在你的面前
心里阵阵发酸
上有苍天
不会让你失望无边
下有大地
生命充满无限期望
不是没有凄凉
但绝非事事都有如意气象
感情的适应需要方向
才能得到自由飞翔

小草

你生长在荒郊野外
不会开出鲜艳的花
又不会有什么结果
你显得那么的落拓
也许杂草紧靠身边
也许蛇鼠与你为伍
也许成千上万蚂蚁
已在你身上筑起窝
可是又有谁能想到
你在大自然泥土里
远离肮脏城市辐射
俨然是你生长王国

告白

你好似火红的太阳
骄傲四射
你是否是湍急的大海湖泊
那么深不可测
你是天边一缕流云
在宇宙的天边
我是水中的暗礁
使你航行不了
再握长竿钓海天

其中味

天涯坐艺轩，
鹅毛画人间。
冰雪陈年酒，
梅花暗香缘。
昆仑千里路，
黄河送诗篇。
砚墨滔滔过，
心通月自圆。

哲理

为人处世
来自哲学的辩证
对别人负责
使自己痛苦
是条看得见的道路
对自己负责
让别人痛苦
就好似一本难懂的书
当它们折叠的时候
正是云雾弥漫的时刻
徐广席铺开宣纸
正为你画散竹

注：徐广席是甘肃的名画家

远端

情感啊
你想象力的翅膀
在大千世界的人海中
通往人生技艺的途中
停顿拐了弯
是忘情的可悲
流云身后的那朵云
依然飘浮在天际的远端

寻人

秋枫尽展献玲珑，
高山松柏翠绿流。
黄河滚滚水流急，
天涯海角寻知己。

中秋赞

中秋菊花香，
滋润味更强。
花洒月老酒，
落红倚秋香。

渴望

时有种种凄惨
孤独就会伴成一双
时有花酒豪奢
爱就爱上几多
因为有了几多豪奢
必然引出片片凄凉
寒风中结成的一对
还在渴望曾经豪奢中的几多

初恋的人

忘不了曾经的交容乐趣
少年的轻狂
青春的畅想
花季的美梦
脸红的秘密
还有一根红糖冰棍吃下⋯⋯
是太多的话题
初恋的人
真的很难把你忘记
温顺的性格
苗条的身躯
天生的丽质
甜甜的微笑后面留下
一张入学录取通知书
带给我俩长久的别离
初恋的人
虽然相距千里
生活的风风雨雨
在我心中的人
永远是原来的你
一壶铁观音
一坛陈年老酒
一位天涯知己
我会总在故里
等着和你相聚

烟雨蒙蒙

烟雨蒙蒙兴隆山，
携手登高向远看。
昔日峥嵘岁月艰，
今日别墅盖成片。
险峰依旧笑人寰，
西山深泉水潺潺。
愿用青春美好言，
换取青山绿水川。

花又开

风雨几十载，
情谊难忘怀。
踏尽坎坷路，
又迎百花开。

归心

最冷的季节怕雪
看不清你远去的身影
雪雾一重重
伤心一重重
等待雪停天晴
春风来临
看那蓝色的天空
你依然那样年轻
即使生命舍取
也无法将你
还有那跳动的心
从我的身边带走

每年一游

夕阳酒一壶，
遥望青海湖。
匆匆瞥一眼，
岁月过寒秋。

哭泣

凝视你
眼里已写满了诀别
悲伤的沙漏数着时间
看你一点一点把情流干
继续转动的链条并非偶然
一根黏合所有情感记忆的椎骨
在失眠中延伸
闪着痛苦的泪花哭泣
玉石被焚而满天的雪花留下
在大千世界里能与谁舞

铁观音

闪电减速，越来缓慢。
只有铁观音，
敢用开水洗脸。
洗出自身的香气，
洗出自身的品质。
带着它的芳香，
走进千家万户。

一个梦

太阳从灰蒙蒙的云层露出脸
洒在小树上有几分暖意
瓦楞上的苍苔泛出一丝绿衣
园内的石榴枝上鼓出芽苞
不语严冬曾经的寒冷
春天总是要来到
冰雪中孕育着生命
顽强地要生长发芽
吐出新枝绽开新花
这是一个彩色的世界
没有了猜忌和仇恨
只有同一个世界 同一个梦
悠扬
青海湖的傍晚
一片安详静谧
平静的湖面一闪闪
风儿奏着鸣曲
张国荣悠扬的歌声
已消失在夕阳的尽头

雪卉

为什么你神奇的铅笔，
要把我爱人的侧影描绘？
尽管你把她画得如此美丽，
蝴蝶也会翩翩飞去。
描画得如此美貌，
只是在我梦中的回忆。
昨天婀娜多姿的雪卉，
已飘游在浮云的后背。

父亲

旌旗漫卷祁岭横，
戎马生涯恨眉凝。
杀场惨烈血沾襟，
日寇疯狂伪军临。
山呼海啸黑云滚，
头颅血染逢火醺。
满江红里雄心在，
吟罢举刀又西征。

心花

褐色的虹膜，
琥珀似的黄色。
炙热的情怀，
放射出炯炯的光彩。
似炼钢炉中递出，
那样炽热。
一触燃烧，
像钢铁般爱的火花。

晨练

好似南国雁，
又似一阵风。
漫步桑榆路，
同心惜晚红。

念想

梦里红粉香，
焉知水池塘。
寂寞忆念想，
早年啥模样。

孤单

遥望星空身影单，
秋后多寒霜满天。
回归中秋叹久别，
月圆馨雅几家圆。

秋收

深秋果实已收仓，
庭院平铺一片黄。
蜻蜓飞舞催落木，
大雁东去寻阳光。

清闲

后院清悠似仙家，
门铃响后又电话。
遥感西山无过客，
小溪流水醉晚霞。

年关到

袅袅青烟欲晚炊，
游子似箭把家归。
门前溢出馨馨情，
梧桐落叶已归根。

听琴

自古黄河险，
又恐长江深。
万里寻觅音，
密林有琴声。

卵石

河堤小石头，
污泥土中找。
路人随一脚，
浅水万丈高。

送朋友

春天的美丽是蓬勃奋发，
秋天的美是明净高爽。
如果一个人有内在品质的美，
并能不断地昂首进取如春之朝气，
也能潇洒飘逸如秋之超然。

听说

你曾经说我们还年轻
身躯经得起岁月消耗
未料早晨手脚已颤抖
冰冷的季节已经来到
五彩缤纷的梦在延续
美好的梦也有了花絮
秋风过后阴雨又缠绵
是否已备好我的思念

悼念同窗好友

有感一杯酒，怀念何洪流。
孤影何处显，岁岁复年年。
遥想同窗友，直言不问酒。
几番风雨后，人生五十秋。
上有老神仙，下有小鬼缠。
清冷悲天际，残缺苦人间。
娇妻恨难眠，是为哪家圆。
骨肉情不改，何故两难全。
千里绝唱声，迷失同学音。
祭奠周年时，写文当纸钱。

落日

东望日出泰山映，
回头望月西山景。
奔腾长江东流逝，
浪子逐流往西去。

归影

秋风吹动景万千，
思乡问亲在缠绵。
瑶池凉衣人依旧，
梧桐天地人也寒。

春分

林间传来佳人意，
仿佛神龛露声笛。
音符悦耳动人听，
青草蝉蝉齐声啼。

无言

楼外蒙蒙雨，
岂敢室内心。
欲书寄情思，
妙笔已无声。

感慨

无奈秋风起，
艰难又一年。
不堪回首处，
沧海已桑田。

独行

在每次离去和返回中
心里却有千种感受
城市间的喧闹
山道的蜿蜒
八达岭一个人独自行走的缓慢
像一络悬挂的爬山虎
下垂的方向总有一束光线
阴雨露宿满山的苔藓
绿荫覆盖半边山川
沉默寂静不在喧嚷
不见了悬崖和深渊
芳草的清香诱惑我快步向前
一声不吭抱住了我的孤独
小刺扎入我满是神经的身躯
稍纵即逝的那点光线
麻雀个个独自飞远
我把内心的清泉
分成两半悄悄地埋在
湛蓝的青天飘舞的白云身后
一半搁置在那潮湿的土壤中

无题

朵朵梅花寒雪开，
庭院无墙香飘来。
遥望西域雪千片，
远景洁白银河来。

读点

混浊河水鲤鱼生，
旁有渡河羊皮鸣。
秋播阴雨潮来急，
对面浅滩影已离。

又一年

秋时飒飒红叶栽，
阵阵晚风袭寒来。
徒留冲天凌云志，
西风吹过又一年。

T台有感

貌美天仙花似娇，
小小T台彩妆描。
国色天香满高楼，
引得嫦娥下凡瞧。

飞散

望着扭曲的脸，
我的内心很酸。
请拿起这枝花，
既然已经折断。
去走你的大路，
在长城上隐现。
风起的岁月中，
祝福慢慢飞散。

昨晚

昨晚我在长城的尽头，
怀里还揣着半句诗篇。
月亮悄悄地升上天边，
山峰的叠嶂变得阴暗。
寂静飘落在烽火台上，
长城脚下吹拂着轻风。
在幽暗树林的枝叶里，
秋天的歌手羞怯沉默。
花朵在满山遍野安歇，
午夜的微风静悄飘过。
一盏孤灯闪烁着幽光，
我伸出双腿迈向前方。
把昨夜写剩半篇文稿，
抛向远处闪闪的幽光。
我用双手扶着一棵树，
身体倚靠在它的身上。
我深深地扬头出口气，
沉湎于甜蜜的思想中。
那魅人寂静夜的幽暗，
似一群有着翅膀梦幻。
在月亮闪烁的辉煌下，
飞舞者盘绕在我身边。

诉说

默默无言坐在你的面前，
真真切切感到心灵发酸。
望着你也是一阵阵枉然，
已往的幻想留在我心坎。
我不能照实地对你说出，
感情的背叛已失去月圆。

带刺的梅

为什么当千言万语涌来，
　　往往只是默默相对。
为什么在最甜蜜的时光，
　　眼里反而聚满热泪。
秋去冬来满山叶已落地，
　　洁白雪花随风飘零。
我的世界里仍然有着你，
　　红色花瓣带刺的梅。

足音

你可听到身后有轻轻的足音，
我说是你内心爱慕他的小径。
月边深处的星星像礼花缤纷，
多情的睫毛沾满了爱恋花粉。
秋菊闭上了含羞盈盈的眼睛，
夜来香又开放了层叠的芳心。
我说这是人固有的勃勃暮春，
你说这是一个诱人沉醉晚秋。

失忆

避开毛茸茸的双眼，
再看那窈窕的身影。
如此珍贵河边趣艺，
怎肯把她掉进失忆。
回到了思绪的家门，
夜来香瓣抖落一身。
久望灰雨蒙蒙天空，
爱的思念回的路程。

幻觉

那天我遇到了你：空间
时光穿梭着你我：网络
美丽的文字游戏：恨晚
执着的手帕包起：情感
一同丢进了蓝天：无影
等待又一个春天：到来

感觉

多么可怕的昏眩，天地中开始对转。
我松开发热的手，等待着上帝严判。
天空没有雷和电，石子悄回到地面。
那片执着的手帕，却挂在老树顶端。
我们再也没相见，好像很远又遥远。
那颗忠实的石子，默想着美丽旅伴。

诉说

我望着皎洁的月亮，闪烁的光芒。
月亮看着我孤单单，可怜的模样。
我向她微笑着，可她却不动声色。
明亮大又圆的眼神中，冷漠凉淡。
流逝又一个秋天，站在她的面前。
月亮忘记了我，藏进了云层后面。
眯起的双眼又细又弯，睫毛闪闪。
她睡了？我思绪的船已扬起了帆！

梦话

芬芳茉莉花，淡黄小月牙。
夏季换秋装，蝉声飞走了。
无数摇撼情，抖擞岁月沙。
缠绵云尾巴，和你梦对话。

世界很大

心也许很小很小，
世界却很大很大。
你相信我编写的诗歌，
那你就会变成诗歌中幽香的花。
从我诗歌的字迹行间中看到，
兰花、梅花，还有野菊花。
在季节的沉默寡言中绽放，
还有喧闹的一群小娃娃。
月光从云层中露出闪烁的脸，
星星相依在它的身边。
时间向着没有被污染的远方，
去寻找我写的童话。
世界也许很小很小，
心的领域却很大很大。

出游

山峰依峦碧水瀑，
眼中闲客应无数。
簇簇冰花雪松阔，
一缕炊香二地客。

芳香

　黄河水两旁，
夜色浸得水汪汪，
　在雪儿的心头，
花儿为爱情而亡。
八月的银河桥上，
裸体的夜在娓娓歌唱，
雪儿在静寂的沐浴，
　用菊花瓣和馨香。
　炽热和白银的夜，
盘旋在沐浴的顶上，
流水和静静的月光，
仿佛身体散发的芳香。

夜宿

西行武威宿草堂，
云飘西山燎夕阳。
蒙古包盛情吐芳，
开窗放进野花香。

夕阳

西域危峰山万座，
不抵千岫万里雪。
千里沙漠万里银，
翰墨书香显真情。
暮秋莫嫌黄花瘦，
淡淡幽香味亦浓。
有道夕阳无限好，
只恨情深人已老。

不要归罪于别人

不要把自己渐渐枯竭的内心，
牵涉到别人的身上，
那是自己无能的表现，
谁又能算得如此准确周详。
不要把自己内心的忧伤，
发怒给朋友，
温柔的杜鹃花已消逝，
到底是为谁或者季节的原因。
不要把自己的焦虑烦闷，
归罪于亲人，
什么不好都是自寻的责任，
在成熟的季节里想入非非。
不要把自己意志的消遣，
归罪于生活的不幸，
懦弱的求生欲望，
最初只不过是孱弱的决心。
不要把自己的生活不顺，
归罪于时代的更新
那是仅有尊严的燃尽，
像悠游的绿荷我的青春。
亲爱的朋友不要埋怨，
自己的感受要思忖，
生活方式靠自己把守归因，
你的寂寞也许能唤醒未来的新春。

乘凉

又见西山月，
悬挂半山川。
乌啼已无声，
树影渡飞虹。
月吐阑珊时，
黄河水咆哮。
铁锁连横桥，
天涯无芳草。

游阳坝

低压云海静思忱，
不见归舟无限愁。
相识相伴手携手，
情到深处有中有。
落花相思低呻吟，
高山流水有回音。
纵有缠绵绕心头。
山川依旧年年秋。

美景

山外青山沟外沟，
世外桃源在瓜州。
深水蛙鱼游啊游，
潇湘雨夜在凉州。
夕阳彩虹云西下，
大漠深处有人家。
月钩悬挂彩云间，
疑似秋雨晨露寒。

聆听

夜幕低垂独自隐伤，
思念的朋友远在他乡，
月亮边上闪烁着一缕银光，
原来那片天空在低声吟唱？

送给挚友

默默床前绽笑容，
几度风雨几度秋。
身残志坚行千里，
相思总是血相凝。

书痴

文山书海涛声旧，
烟雨蒙蒙黄台酒。
缤纷浮世蓦然诛，
不见天公降人才。

梅

夕阳西下，一鸦掠空，
群山苍苍，暮色溟溟。
五泉山顶，寺庙僧人，
唯有梅花，立于黄昏。
古钟鸣响，徘徊良久，
仰望天空，状如飞雪。
夕阳一弯，淡若清梦，
景色愈佳，唯有梅花。

晚观景

静立远望，五泉山下，
暗影重合，三台阁楼。
月挂前山，云雾霭满，
万物灯影，恍惚如入。
铁索横跨，波涛汹涌，
瑶池河花，咯咯吱呀。
独立黄昏，侧耳倾听，
河水哗啦，树枝发芽。

十五的月亮

中秋的月斜挂在无垠的天空上
发出柔和的乳白色光芒
在那薄薄的云朵的后面
透露出那银白色的月牙
我仿佛躺在皎洁的明月上
这张光华四射的吊床
被一只无形的柔软的手
轻轻摇晃着美丽的吊床
好像是天堂里一位刚刚
诞生的小天仙睡在银色的摇篮
在白云缭绕的空中楼阁中荡漾
我轻轻摘下茉莉花把它放在唇边
用那一闪一闪洁白的银牙咬着花茎
含着微笑在听那柔情蜜意的话语
清香四溢的白云飘向浩瀚的天际
百花酿造的琼浆玉液使我语言简洁
却勾起了我对生活的绵绵回忆
两行泪水湿润了我的衣襟

问候

月亮下我看见了她

浑身上下姿态艳丽

美貌绝伦

不单单是外在的美丽

风度和神态中有一种摄人魂魄的魅力

她待人的态度中流露出一种率直

一种表明具有自持力和勇气的率直

举止温文尔雅娴静如水

毫无咄咄逼人之感

如身在柔情之中

犹如美丽的中秋之夜

在圆圆的月光中

走出无忧无虑的月亮仙子

婀娜多姿的身躯变成了成千上万只白色的鸽子

丰满的羽毛上挂着吉祥的彩色缎带

写着：今夜您快乐吗？

月亮

你的明亮
总是出现在中秋
你的腼腆
总在我看你的时候
你的羞涩
盘绕在我思念的心头
你的目光
使我心潮翻滚血液回流

我把你的影子摘下
悄悄送给我心爱的姑娘
柔情的光芒四射
变得如同白昼一般
姑娘显得有点慌乱
身上的衣裳失去原有色斑
洁白如玉的身躯
婀娜多姿亭亭现在眼前

忆妈妈

妈妈住过的房间
依然是那么陈旧
妈妈一生的寂寞
沉积在父亲嘱托
每天回到家里
满脸皱纹的妈妈向我微笑
昏花的双眼仔细盯瞧
从不把自己的疾苦向儿叫
每天儿女们出门时
妈妈站在窗边的墙角
她用慈祥的老眼望着
儿女的身影在远处隐没
她想儿子更惦记孙子
思绪的念头缠绕了她几十个秋
每天拿出佛珠就念
犹如她的思念
越过千山逾万年
闻讯儿子患疾远行治病
老泪纵横心痛如疾
她风烛残年怎能追随而去
企盼佛祖圆她虔诚的心
为焦虑的心捎来喜讯
平安吉祥身体健康
儿孙们微笑一堂
四世同堂幸福安康是母亲的最大愿望

游敦煌

纤纤身影出现在那
古老荒沙的石窟岩洞下
从一行行花草丛中走来
她吸着各种各样的花香
似乎是西域雪藏中
馥郁清香的精灵
她的美貌远胜当年的娇娘
美貌又显得如此明亮
以至在阳光里也闪耀光芒
她漫步轻盈走向园中
小径树荫遮满的池塘
把一片片花瓣撒落池中
瞬间无数个五彩斑斓的金鱼
游向花园的四周
她拂袖轻扬
鲜嫩花瓣飘落四方
顿时园中清香四溢
蝴蝶已翩翩起舞
蜂儿在嗡嗡作响
好一派南国风光
仔细定睛一瞧
原来是西域风景——敦煌

女人啊

她在漫长的年月里
弃绝人世间种种繁华和诱惑
突然那一天遇到的情景
使她荒芜的情感涌出新芽
是不是一个装腔作势的老头
有意在众目睽睽之下作秀
说透了她的心思点准了心脉
她以往努力行将付诸东流
可是她依然缺乏勇气
抽回自己的手
在心迷神荡之中
一种奇特的柔情蜜语
竟然驱散了羞愧和荒唐
身体中汹涌的感觉
她全身脉管热血充盈
直想抚摸那裸露的胸膛
然后立刻离去

读后感

你没能走入我的生活，
但你却进入了我生命。
你那充满诗歌的夜晚，
五彩灯火从四面吹起。
娓娓动听的诗歌朗诵，
照亮了虚幻中的天堂。
俄罗斯伟大文学巨匠，
倒在塔婕娅娜的裙下。
铿锵破旧的铸铜雕像，
悲哀的诗人为你歌唱。
心灵的词语沉默哀伤，
笔尖上组成欢乐海洋。

半个诗人

半痴半颠的文人，
趁着月色书写散文，
晚上写下的字，
在晨光中慢慢苏醒。
不知花开几日，
数九寒天忘记，
尽情挥洒笔墨而去，
白了满头的黑发。
惹了几张嘴，
还有一口水。

压抑

我不知还要走多远
被河流和波涛簇拥着
你见过黄河石吗
一块石头就枯黄了一个秋
星星眨眼一闪一闪
青春年华不再显
你曾数过多少个星斗
引无数英雄竞折腰
过来吧我生命小舟
颠簸到今天还嫌不够
我不知划了多久
就像案头堆放的几块石头
压在胸口

过去

时光带着过去的礼物
进入我思念的窗口
夜空中布满
一团一团闪烁的星斗。
孩提时代的我
常常戏耍在布满星光的夜晚
坐在父辈的脚边
聆听那过去的故事。
任凭天空星星的寒光
刺射着我幼稚的头顶
无论我走到哪里
都令我甜蜜的失眠
青年时期的我
很少再见到群星共闪耀的夜晚
同哥们醉倒在八仙桌下
纠缠在刀光剑影之中
任时光流逝
总觉得站在宇宙的中心点
千思万虑像夜晚蜘蛛网
将我紧紧缠绕在中间。

成年之后的我
睁眼再看寥寥无几的星光
却躲藏在云层后面
留下无穷的回味和昏花的双眼。
任情感的血液回流
真诚的友谊不再回头

河边回忆

多少个宁静的夜晚，
我仿佛听到黄河轻涛细波，
拍打柔和的沙滩，
抒出一阵温情的景观
轻声软语婆娑绵绵。
仿佛从消失的岁月里，
传来一个亲切的声音，
掠过我记忆的脑海，
发出袅袅不断的回音，
缠绕在我的身边。
仿佛大雁，
悠远低回的啼声，
或许是
鸟儿向南飞翔，
迎接旖旎的春光，
而婉转地歌唱。
我仿佛听到，
你那朗朗的笑声，
在那难忘的岁月，
伴随着河流的悄声碎语，
曾是何等真挚的友情。
我多么渴望，
记忆里的思念，
像黎明前的平静，
黄河的轻波细语，
飘然来到你的身旁。

拂晓

夜尽了，
如散的银光，
融化在薄薄的雾中，
沉落在天的尽边。
炎热的七月，
大自然一幅美丽的画，
晨露晶莹的滴翠，
已到撩人心肺的中夏。
那是多么宁静的夜晚，
我和朋友们促膝长淡，
五颜六色的心轻声软语，
埋藏在古老的石墙脚边。
一晃数年，
却比明月更遥远，
依稀回到天真的童年，
蓦然翩飞飘零的黄叶依旧茫然。

烦躁的心

今天我的心情如此悲伤，
苍白的嘴唇像云母一样。
相思潜入那遥远的故乡，
落花舐犊怎不低头忧伤。
看似乎又是那弹弦声响，
依稀回到那茫然的故乡。
飞掠过魔鬼险恶的天上，
演奏乐调不知为谁歌唱。
　厌倦了生意场馆的知了
脱下挂满金黄色的铜袍。
步入沙沙滚动鹅卵石槽，
用自然的记忆将我忘掉。

心雨

雨能给人以慰藉，
雨能医治人的心灵创伤，
雨能使人性情变得温和安详，
雨能使人想起爹娘。

散步有感

河边散步，
天空下我迷惘仰望，
闻着花草的清香，
倾听黄河水在缓缓歌唱。
暖风拂拂，
迎面吹来，
心中泛起，
怀念之情。
红的花蕊，
柔情似水，
刚想捕捉，
旋即消逝。
自然界的夏天
宛如慈母，
人同大自然融为一体，
置身在自然的怀抱里。
转眼黎明追赶着月夜，
人到中年
哀怨有限的人生，
仰慕无限的永恒。

风

风随处飘扬而来，风随处飘然而去，
风使人迷失方向，风会使人产生遐想。
风不想其初起，风不知其终结，
风不明人世理，风闪断古人肠。
风萧萧而过，风令人悔肠，
风仰望天上，风刮古楼上。
风夕月一弯，风情淡梦缘。
风一掠惊空，风一世情缘。

花香

夜幕低垂独自忧伤，
思念的朋友远在他乡，
月亮边上闪烁着一缕银光，
原来是我思念的"兰香"！

聊天

失眠使他如痴如醉，
孤独使他感到烦躁，
网络空间含着无限的郁伤，
穿梭在网友的心上。
那是谁的手敲击键盘，
说出了往事的真相，
不辱青春永远？
我行我素誓于天长地久相伴。
岁月服老垂下野草，
人到中年秋色把周围一切笼罩，
飞翔中的大雁排成了人字，
向往温暖的巢穴扬起了翅膀！
姑娘媳妇都是那样，
娇艳的神态真凉爽，
层层妩媚被秋波染得金黄，
谁是好儿郎？

对你说

我见过你的哭泣，
炯炯的双眼透出悲伤的思绪，
滴出晶莹的珠泪。
在我想念中幻成了一片绿叶，
滴着澄洁的露水，
扬撒到我裸露的身躯。
我见过你的笑貌，
含羞的双眸露出娇嫩，
像灵魂闪烁光焰折服了我的双眼。
我听过你呵呵的笑声，
似夕阳的颜巧打湿了我干涸的云，
幻成了紫罗兰五彩的缤纷。
我见过你赤裸的情，
阳光处留下郁郁的心灵，
你把它编辑成歌装进了我的耳膜。
我见过你的生气，
妄想把绚丽的石头抛弃，
抛得越高心跳加剧。
我见过你心灵深处的闪烁，
染就了绮丽色彩的欢乐，
在你我心灵上空不断闪射。

梦归

昨梦依惜情是缘，
翻阅皇历零七年。
人随情缘偶然恋，
若隐若现是黄山。
怎奈清泉涌山涧，
枯木逢春情不欠。
他乡虽好非留地，
西风又吹归家还。

圈子

老在极小的圈圈里打转，
雄壮的体格变成了猫步蹒跚。
我的常言变成溃散，
意志消失在情的岸边。
见过你的明媚一显，
逐渐演变视而不见。
仿佛对你的爱留存千言，
只不过与你短暂的缠绵。
为有长远的春天，
把其他三季塞进里面。
任凭时光冬去春来，
友情永驻你我心间。

游古城

华夏古国五千年，
侯爵翰林千千万。
谁留青史扬天下，
黄土大山挡一边。
文明华夏数千年，
娇艳美女万万千。
金丝挂帘夜夜欢，
贞节牌坊流万年。

喜欢

1

对你的喜欢，

叫我怎能不忧伤。

我的异地家乡？

2

橘黄的芬芳，

清幽的兰香，

在夜空中微微荡漾！

3

一湾碧蓝的白云，

催眠着东去的落花。

轻舔在爱的港湾！

4

我茫茫然，

这似乎是青年。

又仿佛是爱恋？

5

依稀回到你的怀抱，

用爱情缠绵。

羞涩的笑声中露出你的娇艳！

恋了

一

喜悦挂在脸上，
像洁白的浮云在天空中飘荡。
是什么样的喜讯，
像五彩的雨珠散落在身上。

二

房间里潮湿的露水喧闹，
扬起的歌声在耳旁回荡！
娇媚柔软的面庞，
已褪去忧郁的悲伤。

三

心在跳动没有方向，
是谁病得如此凄凉。
原来雨珠砸在心房，
惶惶不安进入梦乡。

四

娇美摇控着痴情郎，
随着激流进入心房。
两情相悦爱在中央，
遗恨绵绵诉说衷肠。

生日感言

妈妈，你老了。
头发花白。
慈善的双眼，
已失去了往日光泽。
圆润的脸庞，
失去了细腻的柔光。
微笑的酒窝，
填满了皱纹。
习惯的笑语，
再也听不到。
睡思昏沉，
仍然眷恋着儿孙。
妈妈你把我们六人带到人间，
呕心沥血养育长大。
省吃俭用教我们文化，
用尽积蓄帮我们成家。
含辛茹苦拉扯孙娃，
耗尽余力幸福全家。
而今子女长大，
四世同堂。
而你却依然惦记着大家，
你就像蜡烛。
燃烧尽自己，
把光明留给儿孙之家。
妈妈，你的儿女已经长大
你慈祥和蔼的笑貌，
如长江似大海流淌在我们脑海。
感恩苍天祝母亲百寿。

失恋

一

我曾心爱的女人你错了，
　你那柔弱而苍白的手。
再也摸不到我的心跳，
　因为那裸露的血管。
　　还流淌着血，
它同黄河混在一起奔流。

二

　每当流淌的血液，
　在黑暗将要降临。
天空还没有晚霞的时候，
　随着月亮的光环。
已循环在星星的身边，
　一点一滴在风干。

三

　微风拂过晴朗的天，
　花香迷漫湿润的地。
　　已经十年，
我把残缺的血管端详。
　蹉驼岁月的磨痕，
　早已故逝他乡。

四

留下一颗红色的苹果，
　在我心里燃烧。
　　风驰电掣，
　　日月星转。
我曾心爱的女人啊，
　已消失在天的尽头。

不要忧郁

我的心情不要忧郁，
把你的命运担起。
寒冷从这里夺去的，
明年新春会交还给你。
有多少深情为你留存，
这世界还是这么美丽。
凡是你真心喜爱的，
你都可以自由拿去！

忧伤的姑娘

人的命运，
你多么像水！
人的情感，
你多么像风！
流泪的姑娘，
你漂泊在何方？
泪是晶莹的水光，
岩壁流下龙梅的诗话？
你的泪珠为情人留下，
永远循环在爱的天涯！

年轻时

染了的头发，
透着酒红，
两个眸子灵活转动，
射出炯炯的光芒，
似铁炉中迸出的火光，
是那样容易激动，
只要有人轻轻一触，
就能燃烧起它，
发出强烈耀眼的火焰，
烧毁你和他。

你知道

一

你可知道我亲爱的姑娘，
那兰花盛开的村庄可是我的故乡，
那黯绿的密叶中映着橘橙的金黄，
骀荡的春风起自蔚蓝的天上，
还有那优雅的丁香花，
在幽静的月亮下悄悄生长，
你可知道它的轩昂，
要与你一同前往那神秘的地方。

二

你可知道我亲爱的新娘，
那圆柱高耸的大厦曾是我的家，
豪华的装饰里曾闪烁着光华，
伫立的白墙壁向我脉脉凝视，
诉说着往日那朵奇异的兰花，
当黎明的曙光来临，
我终于明白光彩的柔和，
伫立在高山巅峰的深处。

礼花

灿烂的星光，
像雨水一样温柔地撒向大地，
没有发出任何声响，
没有扬起半点尘土，
没有吹起一丝冷风。
星光照亮了大地，
照亮了城市的阴暗，
在平坦的马路上，
一个个、一群群，
美女、帅姐脸上荡漾着欢愉的笑容，
完全沉醉在自由的幸福中，
漫步轻舞，
摇晃着滑行，
慢慢游到美丽的群星中……

致朋友

在人行的航海中，
要创造伟大，
必须持之以恒，
精神凝聚，
在限制中才显示出能手，
只有规律才能给我们自由，
发愤吧！
我勇敢的朋友。

干点事

惊蛰来临，
脚踏冰雪覆盖的枯萎干草，
站在野外。
只见满眼荒寒，
凄清萧条，
枯树当风颤抖，
沙沙作响。
河边小树没有一片叶子，
小鸟偶尔在树干上啼叫。
河水缓缓，
细流涓涓。
似乎在低声絮语：
这新的一年又要来到了。
朋友你想干点什么？

新春寄语

新春喜来到，
年年都美好，
快乐常微笑，
乐在每一秒，
恭贺全家好，
喜庆儿孙孝，
发财好运到，
财到幸福到。

除夕

敲响的是钟声，
走过的是岁月，
留下的是故事，
带来的是希望，
盼望的是美好，
追逐的是理想，
得到的是幸福，
感悟的是人生。

我的箭

1

我把一支爱情之箭射向天空，
它落下来时不知在何处，
那么急那么快我怎么寻它，
如飞的踪影看不到它。

2

我把一首爱情之歌唱向天空，
它落下来时不知在何方，
有谁的耳朵这么强，
竟能追上我歌声的飞扬？

3

很久以后我发现了那支箭，
插在杏树枝上不曾折断，
还有那支歌首尾俱全，
我也找到了杏树主人驻我心间。

成功之路

认准路、踏实步，
迈小步、不停步，
走一步、成一步，
少失误、求进步。

爱是什么

爱是一首高昂精优美的短歌，
爱是利爪包着天鹅绒的鸷鹰。
爱是长着心脏和血液的岩石，
爱是丝僵钳制着的狂风暴雨。
爱是痴吻蒙着锦缎的红雄狮，
爱是让人心旷神异的催情剂。
爱是让人失去理智的安眠药，
爱是让人失去思维的烈性酒。
爱是让人痛苦悲哀的死亡线，
爱是让人永远唯一的试金石。

成功

没成功的人士们，
认为成功最甜蜜。
要知道成功的秘诀，
曾经是痛苦的寻觅。
西装革履的大款，
寻问成功的秘诀。
无奈也说不清由来。
只有最后的失败者，
失去听觉的耳朵里。
干涸无神的眼睛里，
才能听到看到遥远的凯旋歌。

失去

月下残阳，
白雪茫茫。
瑟瑟寒风中，
一张女人苍白的脸庞。
天南地北大中央，
淡忘的人远在他乡。
如今留下一样的相思一样的愁，
只好听她唱信天游。

无名

1

在这寒冷的夜晚，
两颗心在无眠，
轻轻地叹息了一声，
像慧星一样消失在天边。

2

在这寒冷的夜晚，
倏地两颗心相撞，
擦出了耀眼的光芒，
那是两颗无名的心在发光。

3

千里相识只为缘，
相见只恨未在前，
激起无名的心尘，
远在千里之外的小院。

信心

1

假如生活中遇到烦恼，
请不要忧郁，
不顺心的时候暂且容忍，
相信吧快乐的日子就会到来。

2

我们的心永远向前憧憬，
尽管目前活得不尽如人意，
一切都是暂时的，
转瞬即逝美好的明天依然灿烂。

阵痛

发自内心的痛苦，
无法与曾经的欢乐相提并论。
奇迹般的幸福与生活的现实无法相比，
情感悲伤至极。
热切得到安慰，
自尊阻挡了唯一的情。
为真挚的爱伤心哭泣，
丝毫没有虚假的含义。
往日的恋人悄然退去，
心灵留下一片空虚。
为什么？为什么？
命运如此戏弄我。
天复天、年复年，
生活的记忆断了线。
那裸露的灵魂看不见，
嘲笑的目光在岸边。
孤独的思念在长叹，
负心的人已远在天边。

香飘

1

请留在我身旁不要飘走，
留着让我多闻一会儿兰香。
香味使我感到倾听异想，
一切都是余香带来的阳光。

2

还飘浮在两地的空间飞翔，
带来快乐的伙伴蝴蝶起舞。
一颗不诚实的心在逝去的
岁月里又在你身上重显现。

3

听着你喃喃地细语，
闻着你滞留的兰香。
能否给予激情的芳香，
使我流连在你的身旁。

4

虽然地处两域，
情谊源泉滚滚流淌。
不为回想旧恋加深荒凉
但必须打开心房高声歌唱。

5

恕我坦诚的自言，
虽然你我不曾相识。
仅凭那一片天托起的"网"情，
染就了绮丽的彩霞和共同分享它纯真的欢乐而言。

燃烧

我记得你欢愉的笑脸，
你苗条的躯体，
惶惶的神情，
黄昏的火苗在你眼中闪烁，
树叶在你心灵的水面飘扬，
你像柳树枝依靠在我的怀里，
叶子倾听你语无伦次的声音，
燃烧的火苗使渴望在升华，
甜蜜的歌曲在我心头盘绕，
我感到爱人呢喃的鸟语，
你的心房，
向四处漫游，
那是我深爱的地方，
我欢乐的亲吻灼热地印上，
从山下望山上，
从山岗望向田野，
四面都是回忆的亮光，
傍晚天边的晚霞在深处燃烧，
炽热的爱情将你我拥抱。

兄弟

如果你站在冰冷的雪地里，
站在黑暗的角落里，
站在泥泞的沼泽里，
站在狂暴的沙漠里。
请不要忘记我：
我的小屋会挡住冰冷的寒风，
照亮黑暗的角落，
洗尽沼泽的泥土，
遮挡沙暴的疯狂。
如果我站在可怕的荒野里，
我不会忘记你，
是你伸出手来给我指亮回家的路，
然后用你温暖的胸脯激活了我丢失的心
冰雪挡不住春的阳光，
沙漠也能变成天堂，
如果我们拥有彼此的真情，
海枯石烂一切同享一切同当。

初恋

我心灵深处的情感，
像决了堤的洪水．
在你为我脱去所有衣服的刹那间，
喷射奔流。
我用极快语速，
毫无修辞的言语向你表白：
"我拥有了你的一切"。
你委婉的笑容中带有勾魂般的性感。
额头上曲曲弯弯的刘海儿下露出一双杏仁双眼，
柔丝般的睫毛下边，
覆盖着一双迷人的双眼，
露出晶莹透亮，
宛如一潭清澈明亮的秋水，
使人魂不守舍。
俊俏笔直的鼻子微妙上翘，
气贯长虹，
线条优美的柔嫩朱唇，
圆如杏核，
又如樱桃弥漫着醉人的芳香。
朱唇微张，
银铃般的声音萦绕飞扬，
涉入身躯，
进入魂魄。
真是天仙女下凡，
使人流连忘返。
我愿这美好的情景，
长长久久留存心间。

赏梅

梅朵长在我的手心
梅枝缠在我的手臂
梅香飘在我的胸前
阵阵幽香战胜我的刚强
梅枝的骨骼
梅开的性格
使我完全陶醉在梅花毅力的海洋
我轻轻地呐喊
大声地疾呼
我的最爱！伴着你直到永远！

不了情

1

过了好多年时光，
恋人的脚步又轻盈声响，
我想起过去的门是否已被锁上，
昏暗的夜色不见一缕月光。

2

我惶惶吹灭了油灯，
悄悄走在地板上，
轻轻举起了双手，
对着天空祷告上苍。

3

脚步声又响起，
两颗久违的心相聚，
身影紧紧依偎在一起，
融化在爱情的夜里。

笔者

1

凭借文字的杀手利剑，

含着文笔的胡编乱箭，

鲜花已失去了它的芬芳，

太阳被云雾遮住了阳光。

2

那是谁的手笔抹杀了一株无名花，

它凄惨地垂下了花蕾，

任文笔无情地宰杀，

万物怀着无限的哀愁把头低下。

3

注视着狂风暴雨的肆虐屠杀，

满天的白话把世界笼罩，

窒息的空气露出了残酷的微笑，

大雁在云层的屋顶睁眼飞翔。

4

把自然的环境仔细端详，

大声疾呼这个世界的心脏，

新鲜的改革方案在自称名记的手上，

因为名记是流氓。

选择

灵魂选择自己的伴侣，
情感联系了自己的爱人，
你神圣的决定，
摧毁了我固不可摧的尊严，
再不容圣诞气氛的干预。
我在孤僻低矮的门前，
选择了最后的爱恋，
似一个勇士把高昂的头跪倒在你的裙边。
我知道横刀立马的昨天，
已深沉地倚靠在你的胸前，
从此会封闭情恋的双眼，
像一块石头永远沉寂在你的身边。

勇气

若隐若现的黎明没能撕开天边的云雾
没有一线光明
冲破险阻照亮我们生活的牢笼
天空自由展翅的雄鹰
请不要守着深深爱的激情
你应该冲过险恶的愁云
高声呐喊亲爱的女人
我要展翅飞向黎明的太阳
去寻找属于我的一缕阳光

咏梅

夜风轻柔地叹息，
仿佛在流动的波浪上低语；
因为睡眠把我的爱人眼睛合拢，
宁静一定不会离开她的枕际。
晚风吹奏着从宙空偷来的动听的风神乐曲；
余音缭绕耳边使她沉醉，
爱情的梦把她的忧伤抚慰。
温柔的夜风又克制自己，
只在思念的低语中叹息；
不让微风的翅膀把我深爱女人的头发吹起。
夜风吹拂着凉意！
啊！不要吹皱那洁白的眼皮；
因为只有见到她的身躯，
才能唤醒深藏在眼底的喜气。
祝福那嘴唇和深情的眼睛，
我深情迷恋的爱人；
愿那双深情的双眸，
永远伴着我不哭泣。

船长

船长，我的船长！
我们险恶的航程已经起航，
我们的船要安渡惊涛骇浪，
船员的清洗流程已经来到，
你看，
港口已经不远，
喧闹声我已听见，
万千人众在欢呼呐喊，
目迎我们的船从容返航。
船长，我的船长！
我们的航船是否可以安全返回，
停泊在理想的码头，
因为这里是我可爱的家乡。

月下情

沐浴着如墨的树影，
独自站在月夜的庭院之中，
可以闻到月下红梅的幽香，
可以听到梅和月的窃窃私语。
俯身攀折一朵，
刺尖锐利，
月影也随之簌簌零落下来，
寒冷的季节冷风嗖嗖。
夜已深深四处一片寂静，
月和影一起睡了，
唯有我和梅相互凝视，
院墙外的拐角处偶尔传来一两声低语。

同学的初恋

我在陌生人中孤独旅行，
越过高山在异乡飘零；
女神啊！
那时我才知道，
从小学到初中对你存有多深的爱恋。
高中毕业了，
那忧虑的梦境！
我再也不愿离你远行；
我只觉得随着时光流逝，
我对你的爱愈加深沉。
当我来到你的售票窗口，
曾感到内心憧憬的欣慰；
我深爱的人就坐在中央，
身边传来隆隆的列车声响。
暮去朝来，
霞光流逝，
孩提时的恋人心怀疑虑，
绿色的田野最后一次，
抚慰我远去的眼睛。
时光飞逝，
远离家乡漂泊的我，
独自一人对着天空放声唱歌，
你听！
我唱的歌好不凄凉。
你听！
我唱的歌声，
在深深的峡谷久久回荡。

唯有心灵感触的萍，
才知道唱了些什么！
也许歌词在为过去的哀伤谱新曲？
不论在唱什么，
歌声好像永无尽头一样。
建凯声声唤不醒爱的春光，
啼破了大地辽阔的沉寂，
当今的生活习以为常？
从前发生过，
初恋也这样。
年复一年、人到中年，
梦中的女神已登上高高的山岗，
那乐声虽在耳边消失，
但那孜孜不倦的初恋
永久留在心间。

你的眼神

全怪你那跳跃的眼神
使我醒时的感觉更加敏感
那君临的节奏敲醒我生活的爱恋
变成我们合二为一的呼吸
相爱的躯体散发着彼此的气息
不需要语言就能思想统一
不需要明言就会喃喃着同样语言
生活中彼此熟知了对方的脉搏
没有炙热的爱情严寒怎能抵挡
没有枯热的赤道太阳光芒万丈
那时我们园中的梅花傲骨铮铮
见证了我们的爱情能抵挡严冬

痴情

我记得那美妙的瞬间，
曾在我眼前出现，
有如昙花一现的玉影，
似有纯洁之美的精灵。
在那忧愁的夜晚，
在那喧嚣的虚荣的困扰中，
我的耳边长久回响着你温柔的声音，
我常在睡梦中见到你的丽影。
狂暴的激情驱散了往日的丽影，
我似乎忘却了你温柔的声音，
洁白如玉的肤色，
和你天仙般的面貌。
在风沙莅临的残酷岁月中，
我依旧望着你远去的背影，
失掉了尊严和掉了灵感，
相继失去了与你一切爱恋，
如今灵魂已开始觉醒，
猛然眼前又出现了你，
犹如昙花一现的玉影，
犹如纯洁之美的精灵。
我的心狂喜地跳跃，
为了爱情又将苏醒，
有了神性有了灵感，
有了生命中的澎湃，
也有了冲天的干劲。

相片

这张并无渲染的相片，
已属于了我！
亲爱的女人！
这是爱情的见证：
它要求我最热情、
最亲切的关注，
它就像梁山伯祝英台坟前
蝴蝶留下的遗物。
我将这张照片，
带在我贴心处，
将把我的灵魂和你缚在一起，
再也不会和我分离，
在坟墓中也会结成一体。
我从你唇边采集的香露，
也没有这张照片更珍贵，
香露只能吮吸片刻，
宴席也只是短暂的欢乐。
肉体的欢愉只是在瞬间，
仅仅留下梦的缠绕，
唯有情迷伤感时，
相片就像飞舞的时光，
留下爱恋的翅膀。
相片将唤起中年每幕回忆，
就是当我的生命走向衰老，
当记忆叫叶子重新发芽，
爱情的叶子还会吐绿吗？

恋痴

初进伊甸园
你接受了爱
无数的殷勤
无数的爱抚
和无数的许诺
你便以为男人是无所不能
是海枯石烂永不变心的依托
他会一辈子将你视为名贵的珍珠，
将你视为他的唯一
他会因为有了你而有了爱情
有了欢乐
有了动力
有了人间的一切美好
你幻想着未来
走进了婚姻的天堂
婚后你发觉婚姻并非神话
男人并非神话
生活使你逐渐明白了很多
经过很多很多次以后
你终于明白
所谓的爱情并不是一成不变
婚前丈夫的所作所为
很多都是男人编织的神话
是给婚姻生活带上一个美丽的光环
也是你对爱情期望值过高的错误
打破神话的传说
勇敢地去面对生活

幸福

为了你，多少个不眠之夜？
似冰川冬雪，
忍受严寒。
似晶莹的薄冰，
在你脚下震栗碎裂。
世上的不幸人，
谁个不为你的美丽打动？
似柔美、烦扰的晨曦，
激起屋檐下的乌鸦的喧嚣，
你刺过凄雾愁云，
照亮一颗忧伤的心。
似高峰巅峦的依偎，
弯曲江河流淌着动情的舞姿。
直盘锦屏，
留下爱恋的缠绵。
直通大山，
森林深处回荡着怀春的欢笑。

爱人

回忆，你要我怎么办？
让记忆的小鸟翱翔在迟暮的云天，
夏日烈炎的余晖逗留在翠绿的林间，
热风在那里争喧。
我俩并肩地靠着沉入梦幻，
头发和思绪在风中飘散，
凝望中她向我投来深情的目光，
那是她最美的一天！
声音似银铃儿一般，
甜美、清脆，
宛如从仙境飘入人间。
我心潮翻腾血液回流，
虔诚地牵她的手放在唇边。
最香的玫瑰是秋天的花！
最动人的呢喃是沉默无话！

十五的月亮

薄雾潭中锁，叹声槛外传。
枫林依旧在，几度月团圆。

忆往日的自己

夜幕深沉！
我不能自已。
思绪的海洋里
夜色那么迷人。
在我的心底仿佛又浮起了
那已经逝去的青春年华。
变冷了的岁月，
不要把见异叫思情，
羞辱那皎洁的月光。
月光轻盈温柔地射向我的枕边，
让时间大胆地去勾勒那些，
被扭曲的线条。
人不能失去爱恋，
你也不会再点燃我的火焰。
初恋只可有一次，
所以我对你感到陌生，
爱情的玫瑰散发着芳香。
可我的双腿已陷入深深的泥潭。

过去

太阳升起它会落。
你知道，
我也知道，
当那初升的阳光。
照在梅枝上，
已不见花，
照在梅枝上，
只见雪和霜。
我们早已不再相爱了，
你不属于我，
而我又归属别人，
我们两个不过是在一起，
玩弄了一场不珍贵的爱情游戏。
随便地亲热一会儿，
拥抱吧，
在狡诈的热情中亲吻吧，
可心里永远只梦见腊月，
和那个我永远爱恋的人。

永远的遗憾

你走了　匆匆地走了
在那个充满人生黄金的季节走了
多少双眼睛为你湿润
多少个人为你叹息
你的生命虽离我们而去
但你忘我的一生奉献
感天动地　感动所有……
你走了　匆匆地走了
天空　为你万里无云
阳光　为你普照大地
大山　为你披上了雪白的衣裳
河流　为你唱着潺潺挽歌
风儿 为你轻轻亲吻万物
万物 为你婀娜多姿
梅花 也为你绚烂而嫣
你走了 匆匆地走了
带着对家人心中的挚爱
一生一世的眷恋
你走了 永远地走了

桂花开

黄叶纷飞起秋声，
八月桂花香满庭。
明月凑巧歌一曲，
引得花香飘晴空。

发小

昔日朋友影难寻，
苦留影记梦梭行。
往日情趣久远去，
寒夜半窗冷知己。

崆峒山

绿叶深处鸣杜鹃，
小溪长流水潺潺。
群山环抱崆峒山，
打起精神说论禅。

蜡梅

梅花独秀雪中开，
朵朵花瓣残雪盖。
疑似仙姿天外至，
半羞半涩送春来。

回归

落叶归根人情浓，
好言赏语暖寒冬。
七十年来双双冷，
千千情结在心中。

太直白

自检自讨夜不眠，
仕途崎岖脑中残。
刚直品性谁之咎，
大半归人小半天。

回忆

秋风扫落叶，
夕阳送晚霞。
往事忆回首，
万事成蹉跎。

家乡美

写诗推敲苦乐知，
平仄对仗溢情思。
大川山河家乡韵，
自然风光四季诗。

自然美

村姑照镜赛鲜花，
花说村姑不如她。
登高望远卷帘看，
人间仙境对紫霞。

蜗居

情意绵绵小房间，
夜幕西垂半云天。
芙蓉一笑容颜改，
日月长流感千年。

游甘南

九曲黄河千里遥，
瀑布飞浪上云霄。
夜观流水在岸边，
铺纸提笔诗连篇。

游天水

远涉崆峒山，
道友在眼前。
白云同作客，
醉翁夕阳歌。

南北山

金城两岸南北山，
黄河中间有险滩。
晚风轻拂白塔寺，
南山之下有五泉。

夜阑珊

白雪犹香梅二度，
对酒当歌韵律斟。
槛外秋山去红面，
楼头流水夜阑珊。

乐悠悠

闲云淡月色清秋，
黄河岸边睡小舟。
抬头仰望雁远去，
扬竿钓尽相思愁。

悠乐

黄河岸边听鼓子,
清茶一盏赏菊花。
优雅歌词耳边闻,
笙歌一片起谁家。

顺丰小哥

刮风下雨雪地滑,
快递小哥入百家。
月底细数分和角,
盘算如何过好家。

初学

同窗诗歌空间开,
长堤岸上久徘徊。
肚里唯有尘和土,
故里人前不敢开。

表白

悲欢离合千杯酒,
话不投机半句多。
有缘明月邀请我,
一腔痴情对娇娥。

梅痴

昨夜庭外滴雨声,
提笔伏案似成冰。
凉爽诗歌付与案,
梦与梅花暗有情。

岁月

滩边流水如诗花，
风雨过后见彩霞。
青云直上不见减，
白发无情逐日增。

无私

慈悲为怀胸襟阔，
助人为乐心灵清。
一生几得春光俏，
平地生雷也不惊。

任我翔

喝酒吟诗两不丢，
青烟袅袅韵悠悠。
举杯邀歌对天唱，
西去天高任我翔。

枣树

西出阳关寻梦境，
沙枣树下动诗情。
耐干不怕日月旱，
九泉之下吟树魂。

三舅

身披星斗起五更，
耕种五谷不言辛，
为家为国在拼命，
全把汗珠做启程。

读书感

蹉跎岁月多磨难，
仕途艰险勇登攀。
书中寂寞诗中乐，
淡对虚名苦后甜。

在心湄

情深似海永不悔，
难忘忠贞在心湄。
可怜一夜秋后雨，
恰似当年热泪飞。

缠绵曲

夜幕西垂天穹睡，
星星眨眼思念谁？
轻吟一首思君歌，
梦里与他缠绵曲。

人意

忠贞之恋寒雾远，
为情专一古树言。
善解情意茅塞开，
沧海横流百折弯。

无情

人生艰辛似老酒，
岁月无情奈何求。
回首不堪忆往事，
我行我素成始终。

观两山

黄河之水如碧汤，
绿满两山月满塘。
心高气爽赏夜色，
怎叫愁绪损柔肠。

秋风

晚风带起秋意寒，
万家灯火夜阑珊。
诗情话语口中念，
星空如水月如弦。

雪花

昨夜寒风巧剪裁，
今晨推窗香飘来。
银装素裹谁家仙，
竟把洁白披双肩。

诗友

搁笔偷闲久未吟，
今看诗友好笔影。
摘下头顶几繁星，
汇兑佳句报喜音。

滨河马路

黄河岸边有人家，
欢歌笑语香百花。
一缕残云夕阳下，
袅袅炊烟过万家。

硬汉

每个人生不寻常，
人在江湖气自昂。
坎坷磨难成硬汉，
登高望远不怕险。

无言

我欲出言舞罗衣，
沧海茫茫帆影微。
满怀感叹言不得，
心思伴云逐流飞。

发小

忽见相片雾水中，
记忆儿时已朦胧。
五十年前读书郎，
再看今日已变样。

无味

情如画、叹炎凉，
痴情的人断桥霜。
相知相爱诉衷肠，
可怜人、石头忙。

不服老

黄河岸边浊泪弹，
雄心壮志已空悬。
江湖几载酒不老，
别梦当初不计年。

散文类

我的文字表白

诗歌、散文不是写阅历，是写内心的感受，是鞭挞世间的真善美和丑恶。但归根结底，散文、诗歌是人类现实和梦想交织的产物。我只是想通过小诗与散文构造自己的梦想，读者则通过诗歌、散文赏读作品的梦想。

悠悠的云里，有淡淡的诗；淡淡的诗里，有绵绵的爱；绵绵的爱里，有深深的情；深深的情里，有浓浓的意。年华不忧伤，一朵心生的花，暗香盈袖，你们的陪伴，我的温暖。岁月有变迁，风云有变化，生活也会变，但文字是我生命里最美的春天不会变，永远是我生命里的光亮和心中的塔。

我写的作品，有着自己的个人特点，首先以文为重，以情为辅。想让读者耐看，看后又令人回味，探骊得珠，如同暗香坠露一般美丽杳渺，时时散发出极大的诱惑。

当然，一切美的东西都由简单情节构成。不管作者是自觉或不自觉地开始写作，其诗歌、散文，实际上就是文字化的白日梦。要使你的白日梦让更多的读者心安理得地接受，那就不能不注重故事情节的设置。

初识——相恋——重逢——结合——离去——回忆，流线型的结构，让情节简单到不能再简单。如果在把众多的生活感悟，以艺术的手法融入作品里去，让读者领略到值得反复咀嚼的柔情。以达到对号入座，使作品步入人性化的境地。

红尘滚滚，当爱情历经桑海，那份爱是否还在？爱情让人变老，每经历一次爱情，就会使爱减弱一分，那刻骨铭心的伤痛也相对减弱一分。到了最后，连感慨的心情都没有，一切都归于平淡，这时候一定是老了，剩下的只有回忆。

　　文字是记载生命的痕迹，是唯一可以找寻思想的痕迹。一般在写作情节的构思文字上，并不是很难的事情，也非我所能所独有的技能。如，几岁的小孩子就能很好地叙事和表达感情，就连大字不识的外婆，也能满口"恍兮惚兮"添枝加叶地讲述流传了几百年的故事。但要有意识地追求情节合乎逻辑的戏剧化，获得"既在情理之中，又在情理之外"的特殊的艺术效果，则非作者不能了。

　　那支画出缥缈山水的秃笔，那井里破碎的月影、火红的枫叶、随风起舞的竹叶，月光一样的声音与婀娜多姿的身躯，诸如此类的意象，在表达主人公的遭际和内心的感受时，已经符号化，意蕴深刻，值得耐人寻味。

　　云烟连绵，流水蜿蜒；春意盎然，秋色明洁；草莽丘垄，怨恨情愁。简洁的生活结构、荒诞的灵肉情节，加之以诗意的语言，让小说或者散文变得回味无穷。孔圣人曾说过："诗可以兴，可以观，可以群，可以怨。"我看，诗歌、散文又何尝不是如此！

　　当然，我也是一个拼凑文字的初级爱好者，在已写的文章中也有很大的不足。比如有的情节过于荒诞，微微显得诡谲；有的人物过于灰色，因之显得生冷；有的情节对生活的理解比较肤浅，特别是在写男女情感的文字上也是鹦鹉学舌了，有待于更深层次的创作与思考和二度打磨。使作品更上一层楼，让读者更加喜欢我的随笔文字。

三枚勋章

有一种记忆可以很久，有一种思念可以很长，有一双手舒适和温暖，让我一生无法忘怀。

父亲离开我们已经三十年了。世间都说，父爱如山，伟岸绝伦。也说，父爱如灯，照亮前路。父爱，犹如一缕阳光，让你的心灵即使在寒冷的冬天也能感到温暖如春。父爱，亦如一泓清泉，让你的情感即使蒙上岁月的风尘依然纯洁明净。父爱，是一座山峰，让你的身心即使承受风霜雨雪也沉着坚定；父爱，更是一片大海，让你的灵魂即使遇到电闪雷鸣却依然仁厚宽容……

父亲，1923 年 8 月出生在甘肃庆阳一个叫什社太平齐家老庄的农民家庭。我的祖父有兄弟五人，他排行老二，名叫齐世中。祖父生三子一女，长子在 1920 年秋因闹饥荒误食苜蓿根中毒身亡。女儿从小送给大户拓家做童养媳。祖母李氏眼看二子从小身弱又患病无钱医治，年仅六岁的三子饿得皮包骨头，实在无法活下去了，便狠心把三子托人卖给别人家做养子，或许饿不死能留一条命。就这样在一天夜晚，还在熟睡中的孩子被环县的一家富农抱走。祖母想拿卖子的五个光洋给二子买药治病。

也算苍天有眼，瘦弱的二子活了下来，他就是我的父亲。为了生活，他去一个地主家打工。从此他就与牛羊结伴，吃的是猪狗残饭，穿的是破衣烂衫，在四面漏风的柴草棚中宿眠，一晃度过了七年的少年时光。

1936 年 3 月的一个傍晚，年仅 13 岁的他正赶着吃完草的牛羊往家里走。半道上突然遇到几十个穿着和他一样破烂的人，呼啦一下把他围在中间。其中一个身挎盒子炮，操南方口音，三十出头，个子不高，头发脏乱但面目却十分清秀的人来到他面前，和蔼地问道："老乡，请问往吴起镇怎么走？"父亲带着疑惑看着这群人，起初怀疑是土匪，但发现他们待人十分和气又不像坏人，就用手比画着去的方向，告诉他们往东南走还有 200 多里地。挎盒子炮的人继续问道："你知道去的路吗？""嗯，给别人圈羊去过两趟。""哦，那你帮忙给我们带个路行吗？""那不行，我还得给东家圈羊呢。""这样吧，老乡，你把羊现在圈到东家去，然后再带我们去，行吗？""这，这……"他不知所措，扭头看到了不远处表叔爷正在碾场边站着，"我过去问问表叔爷，行吗？""好，我陪你一块去。"挎盒子炮的人向他身边的人示意："大家等等，我先陪老乡去。"说着就带几个人朝碾场边站着的那个人走去。这时站在碾场边的表叔爷见几个背大枪的人朝他走过来，心里扑扑乱跳，他心里清楚自己住的这地方是交错地带，逢一三五是红区的人来，二四六是白区的人来，今天是星期五那应该是红区的共产党红军来了。

　　表叔爷不等人走上前，便笑呵呵地迎上去问候："几位官爷有何贵干？"挎盒子炮的人笑呵呵地回答道："是这样的，大叔，我们是中央红军陕甘支队的，要去吴起镇，想找一个向导，你看行吗？"说着话就从口袋里掏出三块大洋递了过去。"这使不得，你看我岁数这么大，腿脚又不方便。"没等他把话说完，挎盒子炮的人指了指，说："您老让这个小老乡带我们去，行吗？"边说边把三块大洋塞到他的手里。表叔爷手握着三块大洋，说："这，这怎么好啊。"犹豫片刻，表叔爷点了下头。"好吧，你这娃就去吧，羊我给你圈到东家去，给说一声就行了。"于是父亲就带着几十个红军战士从环县洪德河连湾北上去了陕北吴起镇。

也就是这次带路，父亲沿途和红军战士的交谈中，第一次知道了共产党，明白了红军是穷人的队伍，点燃了他胸中的烈火，毅然决然地参加了革命队伍。

从此，年仅13岁的父亲在中央红军陕甘支队当了勤务兵兼通讯员，直到1937年七七事变，抗日战争爆发后，部队改编进入一二〇师三五九旅王震旅。参加了光复宁武等四座县城大小战斗十四次，负伤五次。

1941年在山西炮校培训结束后，父亲加入了中国共产党。所在部队又编入八路军第129师385旅耿飚旅驻守陇东，保卫陕甘宁边区。1945年8月参加张家口收复战，一举收复被日军占领多年的塞外重镇。1946年又参加了陇东战役。

解放战争时期，1946年11月30日起中央军委决定中国人民解放军第一野战军合并西北军。与西北军合并后，1947年国民党胡宗南率部20多万人重点进攻陕甘宁解放区时，父亲参加了著名的羊马河大捷，我军将敌135旅约4700余人全部歼灭。1948年2月参加了瓦子街战役，1949年参加了兰州战役。1936年至1949年父亲共计参加各种大小战斗约160余（场）次。

1955年12月15日在兰州举行隆重的授衔授勋典礼，贺龙元帅代表国务院主持授勋典礼，同时向有功人员颁发奖章。国防部授予中国人民解放军参加土地革命战争时期

（1927年8月1日至1937年7月6日）给予颁发"八一奖章"，参加抗日战争时期（1937年7月7日至1945年9月2日），给予颁发"独立自由奖章"。参加解放战争时期（1945年9月30日至1950年6月30日）给予颁发"解放奖章"。我的父亲满怀着激动的心情参加了授勋典礼，当贺龙元帅将闪闪发光的三枚奖章戴在父亲的胸前时，刚强的父亲流下了热泪。

明天（2019年10月1日），将是中华人民共和国成立70周年的日子。我信手翻开你留给我遗物：获奖证书及12枚奖章，我依稀记得你用颤抖的手指了指上面的三枚奖章说："这是中国革命的见证，也是我戎马一生为党和人民解放事业做出贡献的见证。共产党把我一个放羊娃解救并培养成一个对革命有用的人，此时此刻也感到满足了。只是我唯一感到遗憾的是我没有文化，希望你们姊妹不要辜负现在的大好时光，好好学习，将来做一个对国家有用的人。"

饱经风霜的岁月，留痕在父亲那刚毅的脸庞，四方脸上一双炯炯有神的眼睛好似放着光芒。特别忘不了父亲额头上粗糙的纹路，仿佛崇山峻岭般一望无际。一脸的络腮胡显得气质高雅雄壮威猛。虽然年岁已高，但一米八五的个头，腰板仍挺得笔直，走起路来掷地有声，更显得英俊潇洒。说着一口永远也改变不了的家乡陇东话，办起事来雷厉风行说一不二，纯粹的军人风范。他把战士视为兄弟一般，慈目善待，疼爱有加。

父亲的形象显得有些衰老，但内心那钢筋铁骨般的坚强却无时无刻不在震撼着我的脆弱心灵。那个精神上的支柱，希望永远不会被风化。

1958 年父亲转业后，先后参与组建了兰州交警大队、兰州东岗食品厂、兰州职工医院（现兰州市第一人民医院）、兰州援农厂（现兰州拖拉机厂），等等。1964 年为建援农厂，在资金短缺的情况下，他拿出来自己的转业费 2 万元解决了建厂的困难。可以说为党的建设事业鞠躬尽瘁，死而后已。

　　父亲虽然已离开我们三十年了，但他鬓角的白发、脸上的皱纹、山一样的身影、严厉的教诲仿若昨天，难以忘怀。我知道，你的话语不多，但你的言传身教永远是一面镜子，照耀着我们如何去做人做事。那是一种恒久而绵长的爱，就像窗台上，滴答落地的秋雨，沁人心脾，润物有声。

　　我以为，岁月的流逝会冲刷我对你的思念；我以为把你藏在心底深处，我就不会悲伤，所以我努力地告诉自己，让日子静静地过去。然而，每年的六月，当你的祭日来临，我仰望着天国的你，依旧忍不住泪如雨下，父亲，你好吗？儿孙们多么奢望在梦里你能回来与我们团聚，我们又有多少心里话要对你诉说。

　　有些时间，总让你阵痛一生；有些画面，总让你影像一生；有些记忆，总让你温暖一生；有些离别，总让你寂静一生。悲欢离合，生离死别，烦恼忧愁，酸甜苦辣，虽不是人生的全部，但每个人都必须经历，或多或少，或迟或早。我们总是经历得太快，领悟得太晚，失去了才知道珍贵，不知道珍惜。

　　时间，带来了一切，又悄然地带走了一切，有如那一片云，轻轻地飘过你的头顶，又不留痕迹地飘向远方。白云，只是自然的一分子，而人却是红尘的精灵，有血有肉，有魂有灵，会高于自然界的任何物种。花开有悦，花落低迷，我们人为地给花的一生粘贴了悲喜的标签。岂不知，即便是洒向大地的天使——雪花，可以清晰地感知，扑向大地的一瞬间，就注定了它的死亡，不管它是圣洁的，还是唯美的。

父亲曾说：是男人，就应该撑起一片天，哪怕巴掌一样的天空，去呵护需要你呵护的人，去为你的亲人遮风挡雨；有泪微笑着咽下，有血悄悄地舔舐，给你最爱的人，最温暖的呵护，无怨无悔。

父亲的话语不多，却用他的行动教育着我们，勿以善小而不为，勿以恶小而为之。爱憎分明，善良有爱，谦和温良，用自己的绵薄之力，去关爱需要温暖的人，付出的同时，收获着快乐。

那个年代，每一家的生活都是很拮据的。母亲的娘家是贫农，姊妹又多，日子也过得紧巴巴的。父亲身上的枪伤后遗症经常发作疼痛难忍，又多病缠身，经常看病吃药需要比别人家艰辛很多。尽管如此，父亲还是拿出一些钱财衣物，常资助那些更穷的亲戚作为补贴家用。母亲看到父亲自己舍不得吃舍不得穿，对别人却慷慨大方，不免也争论几句。然而，父亲总是说一句大家都不容易能帮一家是一家，一笑了之。这些微乎其微的小事，放在如今这样物欲横流的时代，还有多少人可以坦然面对？

父亲经常教导儿女，人穷不能志短，家和万事兴。在二十世纪六十年代那段清贫的岁月，虽然日子过得艰苦，吃不饱，穿不暖，但我们的内心充实，幸福感很强。特别是回到家里，一股暖流就会向我们迎面扑来，一家大大小小，叽叽喳喳，尔语我侬，可以清楚地听见彼此的呼吸，还有某些不能避免的臭味，如今想来，都是一种奢侈。

童年，就像一条没有尘埃的溪水，可以一眼就望到底，总是那么温情而洁净，想起她不由得使人春心荡漾。记得有一次爸爸拿出一个又大又红的苹果，用小刀切成几个小块，一人一瓣，姊妹们拿在手中乐在其中。有些苦，在幸福面前，你细细品味，那苦中的甜苦中的乐才更有滋味，绵长而持久。

父亲平时话语不多，也从不和儿女开玩笑。无言是这个世界上最好的诠释。这个世界上，即使是最落寞的角落，也一定有一缕阳光，温暖那个寂寞的灵魂。或许，那种日出而作，日落而息的模式，更能激发人们某种内在的情愫。微笑看着儿女的嬉戏，儿女扯着父母长满老茧的双手，心疼地看着父母老去的容颜，守着炊烟袅袅升起的地方，看风起止，水涨水落，云散云聚，岁岁年年，年年岁岁，不正是一种最简单而又幸福的生活吗？

有时，我也会迷茫外面世界的精彩，喜欢在繁华的都市徜徉，但当灯红酒绿歌舞升平散去，忽然会有一种难以名状的情愫袭来，是那么的无聊。仔细想来，真如佛祖所言，一切皆为梦幻泡影。我多么希望时光隧道的真实存在，在穿越中父亲能够再次回到我们身边，重温以前那简单温馨的时光，我决不会再淘气让您生气，我一定要千方百计让这美好的时光流逝得慢一点儿，再慢一点儿。那是一段多么天真快乐的日子啊，没有忧愁，无拘无束，想哭就哭，想笑就笑，满足了就手舞足蹈，得不到就大吵大闹。不知道何为别离，何为重逢。多么奢侈的自己，多么简单的自己，多么真实的自己！如今，这一切都早已离我远去，我也不再那么简单，那么天真，那么快乐。您的潜移默化也成就了我今天独立自强的性格，虽屡屡遭受挫折，30 年过去了，我依然难忘那个夜晚，难忘那个寒冷飘雪的冬季。我因重感冒发烧，体温升到 40.2 度，烧得我迷迷糊糊整整一天，夜晚父亲端着半碗老酒过来，帮我脱去衣服然后把碗里的老酒点燃，用他那温暖而粗糙的手蘸着火光烈焰燃烧的酒，在我身上擦涂好久，又端来了母亲煮的生姜葱须汤让我喝，在我床边守候了大半夜。记得第二天晚上父亲下班又来到我的房间，推门便问感冒好点了没有，我回答说好多了，接着父亲语重心长地对我说道："孩子你也不小了，得了点小病不算什么，人的一生不会永远平坦，只有不断地经过痛苦的磨炼，才能成长得更加健康，才能苦尽甘来。"

都说人定胜天，可有的时候，在病魔面前人总是显得那么的弱小与无助，父亲病逝前弥留之际，给母亲留下遗言：老伴，我这身子骨一天不如一天，可能没几天了，孩子们都大了，都有自己的工作岗位，让他们好好工作为国家多做贡献。就辛苦你了，我陪不了你们了。母亲双眼含泪，用最真的情对父亲说，放心吧，孩子们一切都会好的！那个场景，仿若昨天，历历在目，挥之不去。

爱有多深，情有多真，父母诠释了平凡人朴素真挚但伟大的爱情。或许，当初的媒妁之言，撮合的爱情，早已经被岁月研磨成亲情，虽平平淡淡，没有波澜，但谁会说这相伴一生的爱情，不是人生最浪漫的爱情？谁会说这柴米油盐的爱情，不是人生最温暖的爱情？琴棋书画，嬉笑红尘，浪迹江湖，是爱。那么，最简单的日子，同样是爱。人生，就是如此奇怪，心中有爱，永远生活在爱的世界，心中无爱，日子永远是冬天！

在我的思想里，父亲一直像一棵万能的生命树，在生命中的春天浑身散发着勃勃生机，也给了我五彩斑斓的幻想，在生命中的夏天他给我脚踏实地的成长，在生命中的秋天他给我春华秋实的成熟，在生命中的冬天他给我平心静气的沉思。多少年，无论是生活的艰辛苦难，无论是疾病的折磨，还是环境的考验。世间百态，人生百味，父亲泰然走过，坦然面对，我从来没见他低过头，弯过腰，更没有见他流过眼泪。

世事无常，垂成功败，光阴婆娑，岁月更迭。时间，似乎在无形地验证着增减与变化，但永远不变的是，只要父母安在，我们的生活就算再苦也乐，也充实。幸福的深层意义，是心灵的宁静，是苦涩而有滋味，平凡而祥和的生活。

父亲是一座灯塔，再黑的夜晚，都会照亮我迷茫的方向。

父亲是一棵大树，再大的风雨，都会用身躯护我幸福安详。

父亲是一首老歌，再多的烦恼，都会抚平我暗暗的忧伤。

父亲是一夜星辰，再远的漂泊，都会使我内心安然。每当夕阳西下的时候，我总是远眺西方的天国。在您不在的日子里，儿子对父亲您的思念没有一刻停止。

已是深夜了，可我没有一点儿睡意。那咖啡的作用还在刺激着大脑，满脑子都是对父亲的回忆。生活中的点点滴滴活灵活现历历在目，仿佛是电影画面的定格，刻骨铭心。我双手捧着父亲的照片，看着那慈祥的面容，禁不住潸然泪下。关于他，一直想要写点儿什么，拘于某种纠结抑或是莫名的原因让我一直无法下笔。值此十一来临之际，仅以小文缅念我的父亲，祝福天堂的父亲安好！

表姐

我怀着浓厚的兴趣，步入 1981 年全国获奖美术作品展览馆。我仿佛置身于另一个世界，这里有冬雪，有春风，有梁上呢喃的双燕，碧波戏水的游鱼……突然，我被眼前一幅"雪后梅"深深吸引了。这幅画笔墨淋漓，奔放奇纵，独枝梅的斜枝上覆盖着半边白雪，分出的枝头上，繁茂的梅花裹上了银装，只露出点点红蕊，压得那瘦俏的主枝似乎要折断。

我暗自低语："作者的功底不浅哟。"这时旁边的一位老画师用手杖轻轻敲着地面连说"妙、妙"。"王老，她还是个业余作者呢！"站在老画师身边的人告诉他。"什么？"画师睁大眼睛望着说话的人。"她名叫李辉，是位女作者。"那人继续说道。

李辉！我心里一惊，莫非是我表姐？我赶忙挤到前面，看到了"西安虹口区街道被服厂"字样。一点儿不错，是她，正是她。此刻我的心犹如静静的池水，被突然丢入的石子荡起了涟漪，往日的表姐，悄悄来到了我的眼前……

记得第一次见到表姐，是在 1964 年春节，那时我还是个六岁的顽童，随爸爸到西安去看望姑妈。两三天后，我就和表姐成了最要好的朋友。她已是二年级的学生，虽然只比我大两岁，可已能背几十首唐诗，唱许多好听的歌。在那里我学会了很多有趣的游戏。

1969 年，我小学即将毕业。就在这时，姑妈来信告诉我们，可爱的表姐因患重病，成了个聋哑人。

寒假时我又来到姑妈家，看到表姐后，我心里一阵酸痛。一个活蹦乱跳、能歌善舞的小姑娘，竟变成一个两眼呆滞、行动笨拙的人。整个假期我没有看到表姐的笑容。是啊，聋哑，这对一个充满幻想的小姑娘来说，是何等巨大的打击呀！

最后一次去姑妈家，是 1974 年五一劳动节前夕。

列车缓缓进站了，从车窗里我一眼望见了站台上的表姐，她看起来轻盈漂亮，身穿粉红色衬衣，天蓝色的裙子，脸上洋溢着欢乐的笑容。表姐见到我笑了，眼里闪着亮光，一边给我打着手势，一边接过我带的提包。我孩童时代的表姐这不是又回来了嘛！

表姐已有了工作，她一下班就钻进她的小房间里。我进去一看，只见各种美术刊物、绘画参考资料、画报及各种涂料用具塞满了各个角落。多进去个人，连立脚之地都没有。墙上还贴着她的几张习作，她已不再是上次我见到的人了。

姑妈说，表姐经常抽出业余时间参加各种美术学习班，用她对美好生活的追求，用她的理想，用她的心血，描绘出一幅幅青春壮丽的画卷。

一晃又是七年。今天，目睹表姐的杰作，她的音容笑貌犹在眼前。而今，我这个身强力壮的表弟，老大无成，真是羞愧万分。

我无法看完其他展品，冲出展览大厅，去走自己的路……

母亲

雪落无痕，真爱无声。母爱给了我浓浓的柔情，使我常常陶醉在母爱的长河里；母爱是世界上最伟大的爱，有多少名人、伟人曾歌颂过它，世界上有一种爱，它无处不在，让你肆意索取，让你坦然接受；世界上有一个人，她默默无闻，把所有的爱都给予你，而不求任何回报。这种爱，叫母爱；这个人，叫母亲。

窗外浮着薄薄青烟似的雾，用手一划，立即清澈如水。暮光燃烧了太阳，推着我浪迹天涯，一回头，红色薄雾里的影子变得苍老，露出老态。

踏上云彩挥舞着丰满的翅膀，蓝蓝的天空流露出对人生的信仰，墨色浓雾里的影子如同枯朽的老树。我看见岁月的车轮碾过母亲的额头，如同碾在我心上一般疼痛。透过时间的纱幔，许多记忆都已化为缥缈淡影，但母亲留给我的记忆依然是那么深刻，那么清晰，那些与母亲共度的时光流沙，如今都被我珍藏进了生命的锦囊。光影交错中，我始终能看见母亲的身影和笑容一路摇曳在柔媚的春风里。

在记忆的长河里，有太多的风景入眸，总有几份别样的情愫历经光阴的漂染和洗涤后，依旧留给我最初的温暖和感动。那些不会轻易疏离的往事，早就在季风来去中盛放为一尘不染的花朵，任时光荏苒，斗转星移，那些纯美花朵散发的缕缕沉香已是我经年不舍的流连。

昨夜，楼前的树叶散落了一地，心莫名地有点儿伤感，遥望北空，我不禁又思念起我的母亲来。那一刻，我的灵魂踩着一缕清风，沿着记忆的小径寻觅而去……

隔着此岸与彼岸的距离，闭上眼，我就能望见坐落于西北甘肃定西李家堡的那座土坯垒起的黄土老屋，我的双手便可以触摸到思念中母亲温柔的眉眼。曾经幼小的年纪里，母亲让我深尝了许许多多让我感觉艰辛并快乐的生活滋味。而今，尽管我的容颜渐渐染上沧桑，但我的心中，对于母亲的记忆仍然如雪般纯净、晶莹、剔透。

我感受到了一个东方女性应具备的美好品德，她，温柔、善良、勤劳、博爱。她是那么的和蔼，那么的慈祥，我相信，无论谁见到她，一定都愿意亲近她。

我生命的光盘里，无处不印刻着母亲对我的爱。我的母亲有一双灵巧的手，家里的繁杂事都难不倒她。一次我在橱柜里翻找东西，无意间找到我小时候背过的黄布书包和戴过的黄色军帽，当时，我心里好一阵窃喜。我想，我翻找到的不仅仅是一份回忆，还有岁月尘烟里的一抹暖念。

那书包和军帽都是母亲亲手缝制的，那两样东西看起来外观朴实，可做工精致，虽然在岁月的打磨下显得有点儿破损，但美丽依旧。回去时，我忍不住把它们带回了家里，我知道，这针针线线里渗透的都是母亲的爱。现在每次触摸它们，我都感觉像是抚摸到母亲的双手，那书包和军帽上面，仍留有母亲双手的余温。

穿过记忆的长空，我依稀还能看见，曾经李家堡街道对面的花川田野间，大撩盂老屋里，灶台前后，母亲穿梭忙碌的身影。我印象最深刻的画面便是，母亲在地里干活，我在她旁边开心地挖泥土、捕蝴蝶、抓蚂蚱、拔小草……

母亲在油灯下补衣裳，我在她膝边欢笑着唱儿歌……每天晚上睡觉母亲都把我放在炕的中间，盖得严严实实的，生怕被蚊虫叮咬。

对母亲的感情，从某种意义上来讲都化作了此生年华里的最美烟火，化成了此生红尘里的厚重华章。

月光下凌乱的心情拉长了牵挂的斜影，时光碎影灼疼了我的双眸。时光如梭，母亲已进入耄耋之年，当我周六回家看望母亲时，看着母亲的丝丝白发，真的是心疼万分；当我帮母亲修剪指甲时，摸着那厚厚的指甲，泪止不住地暗涌。现在，无论何时，只要我打开思念，想到母亲的视力日渐模糊，总有一缕情丝会扯痛我原本就柔软的心。

今日，一剪愁绪无法在渐远的风云中淡去。我多么希望，时光能让我母亲慢些老去！我多么希望，时光能许我母亲岁岁安康！此刻，我已深深明白，曾经和母亲在一起的岁月，都是生命中最温暖的回放，而母亲给我的爱，和她留在时光里的深情，将一直刻在我的心上眉间。

悠悠的云里，有淡淡的诗；淡淡的诗里，有绵绵的爱；绵绵的爱里，有深深的情；深深的情里，有浓浓的意。年华不忧伤，一朵心生的花，暗香盈袖，你们的陪伴，给我以温暖。岁月有变迁，风云有变化，会老也会变，但母亲是我生命里最美的春天，不会变，她是我生命里的光，永远是我心中的暖。

怀念那段美好的时光，并且永生珍藏它，毕竟那段时光犹如二月里的雪花、五月里的桃花一样真挚而纯洁，然而我们都没料到这种离别的到来竟如此之快。在我心里没有一点儿准备时，那段撒满雪花，遍地是落叶的季节悄悄地溜走了，腊月十六，是我们做儿女永远无法释怀的伤感……

我依着文字的馨香，在尘世烟火的升腾中，感悟生活带给我们点点滴滴的美好，轻拥一片属于自己的时光，尽享生命的清雅和恬淡。一个人的时光，就是一行流动俊美的诗，你可以坐拥一杯茶的安暖，可以将一切恩怨锁在旧时光密封的盒子里，可以将一切青春年少的花一样美好的画面尘封在记忆的画册里。

我不时地撩开文字的门扉，让自己的思绪和顾盼徜徉在微风中。将沁入骨髓的念母情思，用多情的笔墨渲染。这光阴里的明亮与温暖，娇羞和兰香，素雅与浓艳，丰盈和隽婉，还有那柔美清丽的片片花瓣，作为笔尖上最浪漫的铺垫，以圆润饱满的情感，将热情与激情一一点燃，然后开始一点点地"搭建"，在心中早就准备好的文字的摇篮。书桌上的蓝草，溢着清香。把弯曲的影子落在长笺上，一笔横竖，两叶撇捺，描写成了思念。

母爱简简单单，平平常常，从来没想过什么回报，却让生命在仁爱中延续、传承；母爱坚忍不拔，无怨无悔，母性的慈爱常常会超越血缘，创造出一个个奇迹。儿女的目光总是向着最美的远方，母亲的目光却总是落在儿女身上，常常会忘记自己。

牵一缕烟雨，再看李家堡街道。小桥的记忆、流水的远淌，含情盛满月光。伴着起舞霓裳、柔曼轻软，撩开花川半山的老庄四舅舅家墙外一片杏黄。高墙上的身影渐渐模糊，隔空中三秋凉雨穿过减王川的上空，撒落着一段文字，一片韵墨，酿出大撩亓的情诗，回味留香。一缕盈露的疏月，朦胧着繁华落尽的凋零，旖旎三生冷风的霜凝。烟雨取寒，风雨苦涩。轻纱缥缈，大撩屲深情着一窗的银光。

一生烟雨，一帘清风。浅淡的墨痕，润泽的眉梢，仿佛朱砂的泪流，成了李家堡小河的忧伤，蜿蜒的小道飘袅的炊烟，还有屋檐下轻柔的笛声。仿佛一叶轻舟划出了烟雨石巷，在小河里张开枝叶的翅膀，饱蘸着烟雨，描绘了西北定西农村山屲的一幅容颜。贫瘠的大撩屲落满了烟雨，红尘中清寒临窗，雨拂格栅。微凉里，情醉繁星、思绪远方。是烟，是雨，流淌了双眼。烟雨未散，溅起了时光。伏笔添加母亲的家乡，烟雨写诗，小河平仄。字里有歌，行间添情。

母爱像春天的雨露，悄悄滋润着我们的心田；母爱像和煦的春风，安抚我们的心灵；母爱又像一叶扁舟，载着我们越过一切困难。我们的一切都来自母亲，母爱是世界上最无私最真挚的爱。

母爱就是一首田园诗，幽远纯净，和雅清淡；母爱就是一幅山水画，洗去铅华雕饰，留下清新自然；母爱就像一首深情的歌，婉转悠扬，轻吟浅唱；母爱就是一阵和煦的风，吹去朔雪纷飞，带来春光无限。

母爱是一轮明月，在黑夜里永远指引我前行；母爱是一把伞，虽粗糙老旧，但能为我遮阳又避雨；母爱如水，缠绵流过，鼓舞着我，引我走向山川江河。

今年的清明我将思念拌进泥土填在母亲坟头。

放飞心情

　　昨夜，梦里色彩纷呈。谁和我隔着时空相望，静默行走在彼此的风景里，竟然如此快乐？梦里，谁的影子穿梭在我的文字里，折叠着满怀的心事在无声倾诉。又是谁筑起一座孤城，高处不胜寒。谁在彼岸呼唤，在水一方临水而居的身影独自黯然。任思念化作一条五彩锦缎，交织缠绵。目光穿越山峦跨越大海，与我遥遥相望？依稀那些迷离模糊的影子似曾相识。她在我耳边诉说着悲喜，我隔着梦中的距离轻轻安慰。如风一样的往事，却在别人的故事里重演，伤悲来得如此彻底。我说她是落入凡间的天使。可惜羽衣早已丢失在来时的路上。人间的烟火把她熏染，失去了旧时模样往日欢颜。再也找不到回去的路。

　　午后的阳光，穿过窗棂剪裁着光影的花。投射在洁白的墙上，竟是一幅美丽的画卷。房间因这光影斑驳，添了景致。温暖晕黄的光芒，我坐在阳光下浅言淡诉。静默地行走在文字间，记录红尘絮语。庆幸，和文字相依而行的日子不再孤单。隔着窗外喧嚣的世界，独守着这一处寂寞与孤独所编织的心情故事。

　　我沉溺在文字里独自美丽，沉溺在一种自己营造的氛围之中。写着关于想念和回忆，关于梦和生命，关于光影里的故事，和花开花谢的美丽。还有那些不可测量以及无可追寻的情感痕迹。如此静静地，默默地穿行在文字间和她隔着时空遥遥相望。

屋外此时已春光灿烂，冬眠渐醒的双眼，此刻也禁不住阳光殷勤的问候，穿过缕缕光芒漫步在云端。把慵懒的思绪狠狠地抛弃，收拾懒散许久的心绪。打开心窗让阳光涌进每一个角落，驱散寒冬遗留下来的那一丝冰冷。让和煦的光芒似轻柔羽毛，拂去堆积在过去，那个寒冬的尘埃。让心灵一点点，一寸寸重现明净的光芒和澄澈。

室内温馨安然，静寂中，看着琳的照片，仿佛看到了一种美丽，她漫步在文字世界里。处处芳草碧连天，行走之际暗香浮动，馨音袅绕，心际自然愉悦欢畅。眼眸所及之处一片春意盎然，清新雅致，心旷神怡。

忍不住打开了，她发给我的一个个手机短信，一阵阵惊喜如潺潺清泉流淌心间。字字句句，流淌着柔情的语丝，撑一叶扁舟游览在文字的海洋里，心儿轻轻泛起相思涟漪，聚来散去。我在文字里沉醉不知归路，任时光自由自在愉快地飞逝，听着那曲"小眼睛的姑娘"清音袅袅如烟，指尖年华簌簌而逝。

我此刻仿佛已感到，那彩霞满天的白云已绚丽了美丽的蓝天。飘浮的那些云儿，悄悄地带来意外的惊喜。亦唤起我无限遐思和回忆。想我曾几何时，也如云儿般自由地飘逸。曾几何时，投映在她温情的心里，泛起她心底阵阵涟漪。

我愿自己是那天空里一片云彩，苦苦追随她的踪影。她是高山，我便是那云。我来去随意，潇洒自在。她却稳如泰山沉默，容我在她怀里飘来散去。多想让她也变成一片彩云，就可与我相伴飘飞。倘若她果真是那片彩云，我祷告上苍不让她飘过，我不愿意再错过那一场邂逅的美丽？

更不愿意相遇后又注定分离？

那月，我像漂泊的云朵来到她居住的城市。懵懂的岁月里，一份朦胧如诗的情怀在彼此的心里悄悄滋生。我们隔着窗口彼此静静守望，默默相许。一份相知相惜，把彼此紧紧牵系。无论时空相隔多长多远，无怨无悔永久陪着她走过长长的一段人生旅程。

明媚的阳光把她层层包围，温暖着孤单彷徨的心扉。那些欲说还休的情怀，使她羞涩的脸庞如含苞待放的花儿……

转眼几载，我忽然失去了她的方向，抬头望天，那片彩云不知跑到哪里去了，也不相告一声。别离，让我感到天旋地转，别离使我失去了做人的尊严。情把我折磨得好惨，爱将我推到了山崖的尽边。

万念俱灰意识模糊。好累呀，好想让一片云捎去我的思念。把我的情感在她眼前轻轻掠过稍作停留，让她匆匆的步履放慢。抬头眺望，天边那一抹轻柔的云彩，是我捎去的思念。还有我炙热的心扉。云上有我对你的祝福和牵挂。云不正把我的思念化为云雨，轻轻地洒落在她的身上。

如若她还记起，在她的生命里曾经有一朵云投映在她的心里。那么是否还会唤起绵绵回忆，荡起丝丝涟漪？也不知道从什么时候开始，我的心开始莫名地平静，不再去相信这世上还有天长地久的爱情？缘分只是上天的刻意安排，错过了，就不能回头。而每天与我擦肩而过的人那么多，也许其中有一个就是她或者是你，只是太多次的失望之后，我已经习惯了不再回头！

明白了，我曾经那么想终生相守的人，已经在岁月的长河里，越走越远，越来越淡，也在慢慢地退出我的生活，也对，回忆再美丽，它终究已经过去，我也应该学着放下了。尽管知道这样做，心会淋漓尽致地痛着，可是再多的悲伤，最终还是会回到最初的那一点。她已经走到了终点，可我还在路上一个人孤独行走，是我一直不肯承认，她的笑容里早已失去了为我而起的灿烂，我的手心里早已失去了她给的温度！

回首间，世上的哪一条路，我与她都不再风雨同行，留下的只是沉重和无奈的思绪。既然回忆我们的过去太沉重，那么就抬起头，给自己一个灿烂的笑容，转身向前走吧，也许希望就在前方！

在时间的长河里，生命只是它匆匆奔流过时涌起的浪花，那样奇妙又是那样短暂，如果能够做一场美梦，为心底的梦去追求，她也许就不会真的飘走，而是化作了能够层层深入到灵魂中的感悟。能陪伴她走好这美丽的人生。

一场风雨摧毁了我所有期盼和希望。那些如烟如梦的往事，终经不起岁月的洗涤，一点点、一丝丝消逝风雨里。回首萧瑟处，落英缤纷漫过记忆的长廊。那一场早凋的爱恋可还馨香我的回忆？激发我的情怀。

我多么想把她的手轻轻放在掌心，握住她手，放在我心，感受一颗心，跳动的韵律。让她细听我心中的倾诉，"我要的幸福就是这么简单。在简单中平凡，在平凡中拥有，在拥有中珍惜。然后和她一起慢慢变老，一起穿越百年相依相守"。

心疼得无法呼吸

殇……哥：千言万语想对你说，我此刻已心痛得无法呼吸。

夜阑清冷草凝霜，冰雕晓寒窗。金炉燃尽小松香，平添几许伤。泪眼看花枝叶枯，暮色苍茫处。手足之情两分离，哭断千树梨。

星点素，灯着黄，泪珠落两行。愿托沉醉去悲凉，相思又断肠。

深夜，窗外还在飘着雪花，此刻，思兄的泪，想哥的情，像一瓣剥去了外衣，露出铮铮白骨般的老蒜在午夜久久徘徊不肯离去。忧伤的记忆里抹不去的是兄长，在离世前的晚上那苍白无力的面容，鲜明刻在脑海里的影像。总是忘不了那一夜手足眼角淌下的泪水。那是我记忆里永远也忘不了的伤痛！

悲伤在一点一点地撕扯着我的心，手中拭去的只是无助的眼泪。我宁愿一无所有，只期盼兄长回到我的身旁，用一颗真实自然的心灵面对生活，漠然……独自伤心地哭泣，已成为我每天的必修课。迷离的月光，眩晕的记忆像雪花一片片，堆积成熙熙攘攘的白色花蕊，一点点吞噬着我的内心。对这皎洁的银光月色，越发地厌恶。

今夜我又为你埋下思念的诗章，字里行间洒满我浓浓的忧伤。今夜我又为你感叹残忍的时光，沧桑岁月似笔墨让我苦苦地煎熬。然思念的身影幻灭幻现，感叹的时光忽短忽长……

夜永远是静谧的，听着钟摆走过的声音，我的心缩成了小小的一团，只是觉得心瓣的合并处依然阵阵作疼，孤独的我只能含着泪水，望着窗外飘落的雪花自语着：金虎哥，对不起，我没有做到，没能把你从死神手中拉回，兄弟感到万分愧疚，无边的自责，让我的心在一刹那间崩碎。无法挽留的亲情从我眼前溜走，再也没有归期。心疼得如撕裂般……长夜正三更，手足泪雨生。相思平又起，寂寞海龙心。

苍天无情，大地绝情，兄长，你走了，带着全家人的思念和悲伤……你沉默忧郁的灵魂，孤独地跋涉着，那凄婉的哀悼声在风中流传，在水中漫溯。穿过苍苍莽莽的地平线，飞越泪水斑斑的守望，悲怆而去。隐隐中仿佛看到在时光的隧道里，一群石匠弯下腰，挥动着凿刀，一刀，便凿开一个泣血的故事；一刀，便凿开一段兄弟长思的伤感画片。

思念去何处？音杳回归路。看尽人间离别苦，魂断相思无数。千般心绪拨弦，低眸珠泪难干。日夜衷情尺素，但求绮梦牵连。

此刻，我仿佛能感觉到兄长，你别我时的心痛，你有你说不出的无奈……但是你做出一副无所谓的样子，你越是这样我就越难受。有些时候正是为了爱才悄悄躲开。躲开的是身影，躲不开的却是那份默默的兄弟情怀。你的音容笑貌常常在我的脑海中出现，你轻唱的歌谣总在我的耳边回响。你的一生，一一展现在我的眼前，十六岁那年你为那句"子承父业"依然去当兵，成为一名解放军战士。

在部队这个大熔炉里锻炼，培养了你，使你变得阳光帅气朝气蓬勃。

转业后，你把爱心都放在家庭上，你深知上有老下面的弟妹还小，为生活而辛苦地奔波，任劳任怨，无怨无悔。作为兄长你为弟妹们倾付了所有的爱，给予姊妹们无私的情怀。自己却省吃俭用，苦了自己照顾了大家。然而我们却没有给过你任何的什么，予以回报！

冷月临窗照栈楼，亲人怀远泪频流。孤独竟惹飘零梦，相思空结夜半愁。情渺渺，意悠悠。平添无奈上心头。漫长寂寞孑然度，谁与兄长绕指柔？

长眠南山之巅的哥哥，你安心吧，我会照顾好白发苍苍的母亲和姐妹们。兄弟完全可以担当起家庭的责任，还有你的妻儿子孙。我会担当起全家人的希望，我是你的眼，带你领略四季的变化。

别后枕单难入寐。寂寞无涯，游梦何时会？度日如年眉蹙碎，深眸常落伤心泪。寒风凛冽断人行，玉宇琼花没望亭。路转峰回兄远去，空留天际雪衷情。生死无常，爱恨离别。哀叹命运是如此的无情，生命原来如此的脆弱。没料到坚强的你，倒在了病魔之下。

雨中是谁在哭泣？泪水没人看得到。你的离去让我措手不及，心痛得像是被撕裂，无法言语的悲伤，如落地黄花，雨碎心残。沉淀在心间，苦酿一世沉香。

没人能明白我的眼泪，没人能体会我的伤悲，你的离去，让我的生命再也不完美，残缺如月。樱花再也开不完美，蜂蜜再也不会香甜。你给我的关爱，我再也无法偿还，苦涩的滋味有谁能体会？夜半起身寒，苍茫寂寞天。双星遥对望，思念成孤单。

不愿意别人谈论你的离开，总是感觉对你的思念没有尽头。可我总觉得你一直都在我的周围，只要我想你时，你就会出现在我身边，用你那双温暖的手，摸着我的脸庞。曾经梦想，在你我年迈的时候，我们一同出门郊游，一起喝茶，一起唠嗑，把酒言欢，再抒兄弟豪情。

事事无常，你怎么能先行离去，那些梦想，我再也不能实现。我忍着眼泪看着你的背影，好想最后再抱你一次，好想再对你说，这辈子咱兄弟情未了下一辈子咱俩再做兄弟。

你是我最爱的人。愿为你在天之灵祈福，在流年里诵唱。早晨的第一束阳光，永远属于你。春天的第一次萌芽，夏天第一株盛开的鲜花，秋天的第一片落叶，冬天的第一场雪花。尽情为你开放！

如果父爱是方向盘，指引我正确的人生道路；母爱就是车窗玻璃，为我阻挡粉尘寒暑；那么兄长之爱则有如雨刮，给我克服人生风雨的力量。

哥，你记得？有一条路叫黄泉；有一条河叫忘川；有一座叫奈何桥；有一座高台用来望乡；有一碗孟婆汤可以把前世遗忘；有一块石头伫立在忘川之畔——名叫三生石，还有那一望无情之水消泯在那磐石不移的痴恋——唤为无情海。不管前世再怎么深恋，走在这奈何桥上也步履稳稳丝毫不乱……心静如镜，心沉如石……桥这边是寂寂无声……因为心死，失了往生的记忆……桥那边哀号苍天……因为心动，忘不了今世的缠缠绵绵。奈何桥下水滔滔，今世凄凉的回首，最终是在桥头的望乡台，渡忘川之水，饮孟婆汤，前世过往皆忘怀，唯三生石衔望前世今生有情、无情、相守、相望。或许有那么一种泪，浇铸无情海的恋肠细珠穿成的回忆，全都破损在这古朴的碗的边缘，终于含泪而饮。所有的往事全将遗忘了，遗忘在这无情的风中……

在轮回路上，回望来时的路，依旧渺茫，舍不得的也要舍弃，让思念的目光不再拉长。也许只偶尔在梦中，那颗落泪，轻轻捧起手中炽热的思念和冰冷的泪水，一饮而尽。从此，忘了前世，摆渡于忘忧河上西行远去……

在轮回路口，守候幻化成那似火烧烤的温馨。流年的记忆如同露珠，散落在草间，可岁月的风却将记忆吹散。当他回首凝目，只有水榭亭阁青山峻岭依旧。

夜深沉，风在吹，屹立的人心在风中孤单，身影消瘦。心已死，泪也干，不堪回首魂亦牵。梦惊醒，不了情，往事如烟挥不去，亦虚亦实，亦爱亦恨，叶落无声花自残。只道是寻寻觅觅，冷冷清清，凄凄惨惨戚戚。却无奈，天长地久有时尽，此恨绵绵无绝期。

天若有情天亦老，月如无恨月长圆。世上更无任何东西可以永恒。如果它流动，它就流传；如果它存在，它就干枯，如果它长生，它就慢慢凋零。

最美丽的回忆是最绝望的守候，刹那芳华铸就了永恒，生命里有些不朽的篇章，是纯粹的泪，在月光的记忆里打捞逝去的甜蜜，看见的却是镜花水月的激荡。伸手去水里捡着散落的贝壳，捞上来的是无法忘却的泪水。紫色的曼陀罗在冷笑的坟墓上，凝满了月神寂寞的泪。不知道眼泪会不会开出一地的芬芳，浇灌曼陀罗的凄美，踏上轮回路，所有的血与泪在枯萎的荆棘中孕育出一个花蕾，它将经历轮回的七场雷雨，然后绽放在彼岸微笑。

时光若水，转眼又是一年，记忆中的画面渐渐模糊，那些忘不了的人和事，伴着岁月的风以一种轻盈的姿态慢慢走过。在我们平凡的生命中，那些失去和拥有对于我们而言只是一种历练，几多岁月，划过指尖的沧桑，芬芳了流年的旧梦，过去的就让它过去，不要苦于纠缠，未来的路还很长，盈握一份珍惜和懂得，让馨香文字在岁月中留香。

思绪如同飞雪

雪花飘舞，漫天飞雪，洋洋洒洒，团团簇簇似洁白的银花又仿佛是佳人的冰之泪花！月光退到天际的远端，星光羞涩地躲到云层的后边。

每到夜深人静，我情不自禁地把思念射向远方。在内心深处，尽管充满了对幸福的渴望。可是，心底的痛楚，终究还要自己慢慢品尝。

生活，说起来多么容易的两个字，可面对现实来讲，却是那么的遥不可及，又是那么的缥缈迷茫。

一份缘，也许要付出一生去等待；一份情，也许一辈子都无法忘怀。月老偶尔也会打瞌睡吧，牵错了红线，自己却还不知道呢！在人世情缘的两边，有多少有情人，受到了伤害，有多少有情人，默默地离开。

片片洁白的雪花落在屋顶、松树枝杈挂满雪花，大地显得格外妖娆。冬至过后，天气清冷，太阳晚出早归，似乎它也懒得动弹。喧闹的圣诞节刚过，忙碌的人们又在准备过元旦，新的一年在不知不觉中来临。

玉鼠隐居，金牛登场。当人们经历了 2008 年的大喜大悲，大起大落，思绪如同浪潮，那时隔不久的地震曾撞击着人们的心灵，然而还没有来得及理清头绪，却又被岁月带进了新的征程。

2008 年是跌宕起伏的一年，每个人心中都会有深刻的感触，不成系统的回想，也有丝丝的情结。雪花还在飘，思绪随着它飘向新的一年。冬天很快就会过去，春天已经不远了。金牛披着盛装向我们走来，铺开画卷，正描绘更加绚丽的彩画！

可是镜子中的我，却像一块刚搬出土的石头，像一段没有故事的老城墙，又像一端褐色的砚台上放着一支沉默的狼毫。这样地感觉自己的内心，仿佛时间静止在我的脸上。

也许我是本色的古典，喜欢唯美和含蓄。要知道，在古代的文献里是没有"爱情"这个词的，没有。古代描写"爱情"唯一可替代的词是"怜"，怜生爱，也就有了怜爱。关心一个人的冷暖，记挂一个人的出行，惦念一个人的健康，怜惜她一切的一切，痛着她所有的痛，这才是本质的爱。

缘起缘落，缘聚缘散，也许都是冥冥之中的定数。不必刻意，无需躲避，就像"佛家"说过的，让一切随缘吧。也许，缘分就在未来的某个路口，等候着你我的经过。如果看见了它，请不要犹豫，不要退却，大胆地牵着它的手吧。不要给自己后悔的理由。生活就是这样，如果凡事少了显得波澜不惊，是遗憾，而多了却翻江倒海，是灾难！

如果用一颗平常心来培植我们的情感四季，善待自己，善待即将来临的每一段时光。没有什么不可以放弃，也没有什么不可以享有，只要你一颗心装得下，受得起，撑得住。不要太热，太热会灼伤自己；不要太冷，太冷会冻伤别人。恒温最持久，也最温暖……

当然描述一段情感，并不需要华丽背景作为修饰来遮盖彼此的情谊。真实的耐读性会注定成为一种文字演出，柔软细腻的语句恰如丝丝入扣朦胧的情意，犹如寂静的湖面蜻蜓点水般地荡开层层波纹。很多事冥冥之中便被安排着，然后互换角色以后上演着轮回，而故事延伸得复杂，如同攀墙而上的藤蔓自由地生长。2008追求的不仅是艺术的表达，更多是深邃的思想，是独特而令人思索的形象，是隐在字里行间那无语的悲怆，是一种博大而平等的怜悯。

花开有形，美丽无声。曾几何时，我也为生命之花绽放得如此生动美丽，而庆幸和感动过？酝酿了生存的渴求，生活的风雨飘摇后，幻化出的生命之花，在远方思念的田野上，是否开得恬静悠然？诚然，生命是无比脆弱，甚至不堪一击。生命依托于自然而然的力量，源于人们对生命的敬仰之情。

记得西哲曾说"生命如花，命运如萍"。想象着，如果生命之花在不经意间凋零了，空留枝头一树的凄清，有谁为它而悲悯？嫣然绽放的花瓣，在风的追逐下轻轻飘落，凋谢在春风秋雨的微寒之中，携着细碎的风四处飘荡，无所依附，无人知晓，孤独地羽化成泥，聆听风的倾诉雨的流连，也只能是自己灵魂深处那颗孤寂无望的心了。

在这雨色蒙蒙的季节里，最适合将自己放入一个空寂的屋内，让自己坐在书集的桌边，任情感的记忆自由地忙碌着，信手绣一幅如水的清莲；或剪一幅恋花炫舞的彩蝶，再配一首首婉转柔美的歌声，就会让自己陷入一种思绪间。

就是这么一个人，静静地沉浸在自己的画卷里。曾记得自己在过往里，总是为他人的厌、他人的恶而折磨自己。现在即使听见那些无理的人的话语或见到他们黑漆漆的脸色，我也只是释然一笑，不然就全力反击。总不至于还将这些无聊的翻来覆去留在心里碾转反侧。给自己的生命留一个独自空白的空间，让那柔媚的歌声萦绕在我耳边，让我独自一人想些心事，不必喜也不必悲。

放眼明天，岁月很长，我们的未来很远。若可以守着这一份淡淡尘缘不老，我将用浅浅文字谱一首爱的心曲，倾尽一生来爱。那个一场倾城，笙箫静流，如一缕阑珊，醉了眉眼，迷了心扉。安静，用文字绘制一卷光阴。那些，你洒落天涯的呓语，就让我隔着山水之间，用一生的时光慢慢捡拾，淡淡回味。

是啊，生命如花，生命的每一天都是礼物。用阳光哺育，用雨露滋润，让我们的生命之旅无怨无悔，生命如诗美丽如花！

2008 的尾翼上，我和雪花结伴而行，走在寒夜里，咫尺天涯是那样的真切与孤单！簌簌而下的岂止是泪珠，分明是有情人的玲珑之心！悠悠淡淡、缠缠绵绵、悲悲切切的雪花正是情人的耳语吧！我迷惘在苍白的雪花之中……

茶的诱惑

茶是一种神奇的物质，它能把阳光、雨水、鸟啼、虫鸣的记忆储存起来。

直到有一天傍晚，在我经常光顾的一家杭州小笼包子铺里，喝到了一种"普洱茶"。女老板那圆而朴素的脸上，总是挂着甜美的微笑，清脆的嗓音像唱出的西厢小调，总是娓娓动听，一会儿和面团，一会儿又擀包子皮，时而招呼客人，时而干净利落地擦桌又洗碗。男老板是个诚实肯干的汉子，从开店到关门总是忙个不停。

由于我经常出差，总爱去那家包子铺吃饭，时间久了也就和老板们熟了。总觉得他们蒸的包子味道鲜美，只要肚子饿的时候，常常会被引诱。

老板娘端着精致的紫砂壶说道："昨天我远在云南茶厂当厂长的叔叔来北京出差时，留给我一点儿。他说，就这么一点儿也值好几万块钱。还说，这茶他储存了50年了，是茶中精品，现在拿钱也买不到了。你尝尝吧！"说话的工夫便斟满了一杯放在我的面前。低头细瞧，杯中它的颜色较一般的熟普洱茶淡，但比生普洱清亮，汁液散发着阵阵甜味，香气浓郁，让人感到沁心。

茶是在如梦如幻的地方才能生长出来的，茶的味道甚至能甄别一个人的心灵是否纯洁，或者说，茶就像是一首宏伟壮观的大手笔茶文化。就像是人，有思想。

不由得我端起茶盏呷了一口，好甜美的茶味，它犹如兴奋剂，满是烦闷的心里突然有了快意，因为快意可以抵消烦闷，安详可以制止浮躁，触入自然的心会变得比过去开阔。

这茶，仿佛借助一股热流进入我的嘴里，唇齿之间竟生出甜甜的津液，整个口腔里都充满了淡淡的香甜。我沉醉在普洱茶遗留的留兰香味的奇妙中。

老板娘突然问道："先生，这茶好喝吗？"我从茶思中醒悟过来，忙说："好茶，好茶，喝了这茶让人感悟道：正如鲁迅先生说过的'人生，宇宙的最后究竟怎么样呢？现在还没有人能够答复。也许永久，也许灭亡。但我们不能因为'也许死亡'就不做，正如我们知道人的本身一定要死，却还要吃饭也。'如同我几十年风雨雪尘，遭遇了多少人与事，跌落了多少年轻时期癫狂的爱和笑，怎么能寻找到遗失的梦与颠倒的梦。"

今天喝的普洱茶，似乎已将我以前，所有的悲观与虚无都被茶的清香过滤掉了，只剩下平淡的情感与现实的自我，挥之而去的是我曾追求与选择的职业，还有那为此付出的永不再来的青春年华。

"给你，我把所有的茶都给你。"老板娘笑容可掬地递给我足有一斤重的普洱茶。我有点儿惊讶地想着她刚说的那句话"价值好几万块钱"便问道："老板娘也做卖茶的生意吗？""不，不，你误解了，这茶是我送你的。"老板娘连忙摆手解释道，"我和老公不怎么喝茶，就是喝了也品不出这茶的味道，今晚看你喝得有滋有味，就送你喝了，不要一分钱。"什么！送给我喝？我纳闷地望着她发怵。

老板娘的丈夫不知什么时间坐在我的身边发话了，吓了我一跳。他面无表情地说："先生是这样的，我和媳妇前年从杭州下岗以后来北京做包子生意，没想到半年来生意亏本，连回家的路费都没了，那时你来到我们小店吃包子，说味道鲜美，生意以后肯定不错，当时我俩还想你是饱汉子不知饿汉子饥，只是苦笑着向你点头谢意。没想到几天后我们的生意真的有了起色，而且越来越好，现在我们又开了两家分店效益蛮不错的。我媳妇说你是我们的福音，刚巧亲戚从云南过来带的普洱茶就送给你作为我们的谢意。""哦，原来是这样，看来你们还挺迷信的，什么福音？全然不是！那是你们两口子起早贪黑，劳动致富所得。"

说着话我端起茶杯又饮起来。更奇妙的是，这茶初喝起来淡淡的，但是喝了很多杯，加过很多水之后，它的味道居然一点儿也没变。

五十年的储藏岁月，把这茶的锋芒磨光了，所以它是那么柔和醇香，它的表现以柔克刚那般，它的渗透力真是匪夷所思，入口之时，让你觉得它了无痕迹，喝罢良久，最终的甘甜又让你怀疑自己是不是喝了清泉之水。于是再品尝，发觉茶味不知何时恢复到如此无比绵长。

我婉言谢绝了他们相送的普洱茶，言明，茶留在此处，凡我到京时一定前来再次品尝。谢过老板夫妻后，我走向旅馆住的地方。躺到床上，闭眼沉思，仿佛它又把我带到母爱的摇篮，童年的记忆，少年的狂想，青春之梦的回忆之中。

五十年的普洱茶啊，真是雍容典雅，一派大家风范，使人流连忘返。

　　喝茶为什么能让人心平气和，让内心感到安宁。我感受到它拦住了你不断加速的生活节奏，当你开始变得从容，你的头脑也会变得格外清晰，甚至生出智慧。此刻我真想大声疾呼"哎呀，真想不到世界上竟有如此珍稀的茶"。

　　最近我开始喝普洱茶了，我发觉它是人间不可多得的能够引诱人重返过去的奇妙物质之一，并且这种植物能够进入我们的身体，激发思维的联想，心路是平仄仄平，人生总是坎坎坷坷，通向远方的路也同样不会平坦。困难挡在路上的时候，坎坷立在脚下的时候，风雨降临头上的时候，请挺直你的脊梁。铮铮人生，不屈的是灵魂。当小草在被践踏的时候，它在心底就开始坚强。退进土壤，是为了再次重生。走在远行的路上，生命总是在承受着负荷的时候，学会了坚强；总是要在经历风雨后，开始成熟。用脚丈量着远方的路程，用心书写人生，白首方不悔。

窗外却是另一种人生

人最大的魅力，是有一种阳光的心态。韶华易逝，容颜易老，浮华终是云烟。拥抱一颗阳光的心态，得失无忧，来去都随缘。

心无所求，便不受万象牵绊；心无牵绊，坐也从容，行也从容。

故生优雅。一个优雅的人，养眼又养心，才是魅力十足的人。

大其心，容天下之物；虚其心，爱天下之善；平其心，论天下之事；潜其心，观天下之理；定其心，应天下之变。有为有不为，知足知不足；锐气藏于胸，和气浮于面；才气见于事，义气施于人。

容貌乃天成，浮华在身外，心里满是阳光，才是永恒的美。

时间，是距离是宽恕，让一些东西更清晰，让一些感情更明白，让一切都趋于平静。

有时候，我们会深深地爱上一个人，没有原因，也没有道理，更没有所谓的约定和所谓的缘分。这个人，也许不在身边，也许永远遥远；这个人，也许不会爱你，也许只能在梦里；这个人，也许你会放弃，也许一直默默驻在你的心里。

有时候，会出现许许多多的意外。时而惊喜，让人措手不及；时而无奈，让人难以启齿；时而痛苦，让人猝不及防，生不如死。惊喜也好，痛苦也罢，只是一种历练，不要让心情毁了一生；得到也好，失去也罢，只是一个意外，不要迷失方向，更不要迷失自己。意外，是另一种美丽，坦然地面对，默默地撑起，因为下一个路口也许就是奇迹，因为苦难的尽头，其实就是一种幸福的开启！

有时候，感觉人生是一本书。曾经的天真和梦想，如同一篇篇斑斓的童话，有湛蓝的思绪，有无垠的雪地，也有凄美的记忆；曾经的美好和渴望，好似一首首隽永的小诗，有平仄的韵律，有激荡的对仗，更有沉默的空白；曾经的不舍和纠结，好像一个个形态各异的标点，反反复复，是是非非，起起落落，其实就是一种标注，一个符号而已。

也许一生，就是一句话；也许一段经历，就是一个章节；也许的也许，就是一次叹息一种结局。情感这本书，其实只有过来人能读懂！

人生来就很平常，平常的人才是正常的人，正常的人才能拥有一颗平常的心。有平常心的人才能体会到满足是一种快乐。满足是阶段性成果的肯定，是人生过程的一个休止符，是从一个平台走向另一个更高平台的短暂休憩。满足不是安于现状，不是急流勇退，更不是一个圆满的句号，满足是一个调。

不懂得满足的人是不会生活的人，他将受累于生活；不懂得满足的人是不会工作的人，他将重负于工作；不懂得满足的人是不会真爱的人，他将困惑于爱情。学会了满足才能对美好生活产生憧憬，学会了满足才能容忍和接纳并不认同而又附于实际生活的存在，学会了满足才能充分享受快乐所带来的种种欢愉。

拥有平常心的人才能体会到放弃是一种幸福。放弃是至高的境界，是在左右掂量、反复论证后的一种慎重的战略选择。放弃不是自暴自弃，不是简单的丢弃，更不是不思进取、碌碌无为的颓废。

　　不会放弃的人是不会工作的人，不懂得放弃的人就不懂得在某些特定工作环境中放弃，也会产生一种积极作用；不会放弃的人是不会生活的人，就不懂得放弃在实际生活中丢与得的辩证关系。不会放弃的人将永远置于无味的圈子中悲观失望、嗟夫长叹。学会了放弃将会得到意外的惊喜和收获，有时候当你放弃了阳光，你将会得到喜雨的滋润，当你放弃了雨季，你将会得到阳光的温暖。学会了放弃你才能真正地品味幸福，你才能愉快地融入纷繁复杂而又多姿多彩的世界。

　　拥有平常心的人才能体会到淡泊是一种享受。淡泊是一种心境，是思想经过历练后高素质的修养。淡泊不是看破红尘，不是对人间一切事物的否定，更不是思想麻木、无所作为的得过且过。不会淡泊的人必将为生活所不受，不懂得"青菜豆腐"与"朱门酒肉"是一样地养活人；不会淡泊的人必将为工作所不受，不懂得"两弹一星"与"杂交水稻"也是一样地永载史册；不会淡泊的人必将是伤痕累累心绪煎熬而憔悴不堪。学会淡泊将会使心灵净化成晶莹剔透毫无杂质的宝玉；学会淡泊才能如鱼得水，自由自在地欣赏不可多得的美妙世界；学会淡泊才能得意时而不张扬，失意时而不消沉。学会淡泊才能得到实实在在心安理得的享受。

　　回首往事，多少年一如既往，多少次天涯相望。这一弦浓淡相宜的清音，将被时光沉淀成生命中一幅古老的画卷。就让我们，与这份美丽同醉同歌。

人，平平淡淡而来，也应平平淡淡而去。人生如一条淙淙流淌的长河，既有平静也有波澜壮阔的时候，既有峰峦叠嶂时一泻千里的壮丽之美，也有走过一马平川时迂回柔情的安详。拥有一颗平常心是正常生活的人的平常之举，拥有一颗平常心才能学会满足，学会放弃，学会淡泊。才能理解别人，善待自己，享受生活。

执笔成念

忧伤堆砌的文字，伤感拼凑的情节，谁人能懂？

月影疏斜，星儿浅照。独自一人悠悠地走，月色洒下的清辉却温暖不了我难以启齿清冷的心怀。低眉的瞬间，思念的忧郁轻盈洒落，在眼前砰然坠地，又一次听到自己心颤的声音。原来，心事经不起回忆，流年滤不尽忧伤，那个人、那些事永远是心中无法言说的隐痛……

记得那盛夏的阳光，初见时的真切，影像中的她无忧而灿烂的笑脸，还有那小小落寞的身影。抬头，笑容灿烂，低头沉思如仙。落花成冢，往事如烟，流年沧桑，物是人非。倾心相见的喜，互不理解的憾，爱而不得的痛，一切终是逃不掉的宿命。想要回首，却再也回不去。想要向前，却不知该去何方。一切都只能交给时间，唯一能做的只有等待。无奈、今夜无论我再怎么坚强，也走不出她曾经给过我的世界。

习惯了夜深清醒的日子，用文字记录着点滴的喜怒哀乐，却发现忧伤那么多，快乐那么少，落寞那么深，明丽那么浅。一遍遍听着她钟爱的音乐，温柔而缠绵，低沉而感伤，配合着指尖轻触键盘的声响，眉愁深锁，泪含忧伤。

然而，她终究是她，纵使再无奈，也决绝到底，就是不肯给我一声问候，一声叮咛，一声祝福。但我懂得，我终是你这一生想要好好珍惜却只能愧对的人，你无法将我轻易抹去，就如我无法将你连根拔起。

你寻找分开的借口，我不辩解更不言不语，但我内心确不甘心，从来都是。不甘心上天的捉弄，不甘心命运的安排，更不甘心就这样默默地接受你的离开，从此将爱尘封。可是，又能如何？只能自己将失爱的痛独自承受。从此，我用一生的赎罪抚平自己的心伤，再与你无关。

　　一个人坚持，一个人等待，一个人吹风听雨，一个人抬眼望天，一个人假装快乐，一个人持续着忧伤。沐着冬季的寒风，回忆着天荒地老的誓言。眼迷蒙，心空洞。一次倾心的相遇只是一场虚假的梦魇，一腔真爱被束之高阁，而心也跟着悬空。

　　你走了，却走不出我的心。你离开了，却离不开我的视线。小小的心总有一个专属于你的最柔软的地方，眼里常驻着你温暖的笑容如此熟悉，梦里总有你娇媚的身影翩然而至。

　　当情感已经凝固，忧伤不再纠结，只想在静默的流年中慢慢老去，看落霞满天，看流云悠悠，看月色如水，看星辰密布，然后以一颗安然的心想象着爱情最初的模样，一见倾心，再见倾情，却换永远的擦肩而过。原来，最美的东西最易失去，一场爱恋就如那红尘深处的彼岸花，花开荼蘼，叶落彼岸，再不会有从前的时候。终究，爱了，散了；念了，痛了。

　　远航的风帆，荡起了谁的心舟，一诺就是千年？穿越，时光的沙漏，谁的守候绵延了一生的轮回。走过的风景，在流年的枝头静静绽放。记忆，沿着两岸的山清水秀静静流淌。没有雨水的日子，我们在风里笑迎一场场花开。恣意的绚烂，让墨香旖旎，让文字生暖。提笔写爱，落字成暖。

我不祈求来生相遇，只愿今生今世，依着文字的缘相守相暖。

　　春雨花落，淡暖生香。绯色的等待，是我念你的嫣然。曾经携手处，不问花开几许，不诺万水千山。守着平淡烟火，我只想红袖为你添香。情愿就这样在文字里信手拈春，让聚散离合在文字里随缘，我亦如歌如诗。

　　一剪烟花，绚烂我们一程又一程的烟雨。萍水相逢，不管情深缘浅。人生碾转几度春又回，我在今宵打开一份珍重，用十二分虔诚许下：遇见珍惜，愿一世安暖！执笔，落墨。暗香，盈袖。字字相惜，句句眷恋。

　　诚然，将生命的留白，用水墨的平仄填满。我拈花不语。浅笑嫣然。任其在悠远的岁月里渐生禅意，摇曳一路春色满园。

　　有些人说不出哪里好，但就是谁都替代不了！摊开掌心对着天空，掌心里有阳光，那是我想你时莞尔的笑容；掌心里有雨滴，那是我思念你偶尔滴落的泪水……

春的畅游

新春，是一道绰约的虹，鲜鲜的神思孕育粉笑，天空腮际总有一抹瑰丽。

初春，是一种美妙信念，诸事从这里憧憬，创造精神陶醉，创造生命意义。

看春，绵绵独白一句话，喃喃细语一份情，读出凌波深韵味，万事状态有风姿。

念春，匿于心灵的亲切感受，藏于胸怀的精细之美，被丰富被振奋，求索的起点超越的初源上，加入升华而飞翼。

盼春，唇角漾起的笑容，晨曦流动的晶莹。绮梦微温，意趣恬恬，一串幻幻细语，清新各路尘嚣。

迎春，挽新春激滟的风，献上纤纤柔情，琴声淙淙，思绪绵绵。

抱春，对新春莞尔一笑，过去的叹息不再影响情怀，襟间别一根银针，孤独也是玫瑰色的晚霞，扮靓夜长路。

探春，幻念的芳醇，在新春寻找宁静，纯美的窗打开一方蓝天，满目的春色，又抛来那人的遥远问候。

闻春，站在十里的长亭上，又看盈盈巧笑，领受甜甜的美丽，缤纷地流进一方辉煌的城堡。

爱春，思念里的诱惑，如同斑斓锦绣，容我将滴露酿成琼浆，容我将月光吟成精灵，还容我把沉思摊成一纸飞霞。

惜春，踏进芳香的门槛，今生再无遗憾，我和您共举花盅，饮蜜的红酒。

问春，让我细酌您的睿智，含着珠光美盼，用一首首真挚的诗，映现您悠悠俪影。

她却是那样的娇嫩……使我流连忘返，蹉跎在她的风铃声边。看"清风明月本无价，近水远山皆有情"你说过年了，可能不能与我屏前添香伴读……

念"多情只有春庭月，犹为离人照落花"我只有借此春宵含情的圆月默默地为你祈祷祝福。

吾"清风明月随人意，流水高山知我心" 真的想再找回那无比纯真的诗心与你灵犀一点通。

你"一山一水思华年，款款青荇云雾间"就让我们这样依约诗意栖居的心灵，轻送年华如羽。

年三十的夜幕降临，各种灯光闪烁亮起，夜就在它们的华丽登场后被掩饰得虚无底色，散落在风中轻舞的雪花，用含糊的论调，寻找适合自己的理由。而我总是在这喜庆的世俗里写些无谓的文字，总想让它应该用一些广博温厚的东西去点缀。仿佛要把每一个角落都用文字堆叠而成，形成文学艺术的风情线。

其实我的心里早已下了一场很大很大的雪，心灵与雪花疯狂舞蹈，那种莹白和与生俱来的剔透将是我一生的珍藏。我无法将文字深刻到如雪花般晶莹透白，我的梦总似翩然的蝴蝶飞跃到伊人的沧海。

我的目光深邃却无法洞穿世俗，于是我只有在唐风宋月中一声叹息。佛说：用心去看，心明如镜。我悟不透佛的禅语，总被俗世的红尘淡淡的憔悴流沙般涌没，无奈成盈盈晨露悬挂着的那缕红红的旭日期待着阳光的唤醒。

初一的清晨，万物容颜渐渐褪去了颜色，我的思维被冬天和春天划为分级边缘，总在冬日里焦灼等待春天的到来。尽管手心里握紧字字落满婆娑的写意，想竭尽全力地保持着它的晶莹，谢却荼蘼，撕裂成枯黄的抑郁，望能了断一份憧憬，不只为解那风情。有时想，这整个的夜晚，独叹又何用呢？于是，心始终让山让水望穿一弯焦灼，知道海是望不穿的，心便也安然了。

冬日的暖阳逐渐暖化我的心，阳光在大片的绿里跳动，那些温柔慢慢地便也蔓延全身，方知冬韵也如此纵情，那些依旧，凝结成这般的风采，犹如暗夜里摇曳着的心情，是寻得见的痕影。

眼前的杜鹃花丛中有只瘦蝶晃过，想再细看去，便也寻它不着。疑心自己眼花，待我扭转头，便见它吻在花蕊处，揉捻成几世的化蝶恋花，重葩叠萼，仿佛在展现那份前世疏影的那个影像。走过的路，清凉成这般，一场花事谁能奈何？

茫然间，那些艳丽的字句总是缠绕于我的指尖，堆叠成一种相遇，是极致美丽。如风吹过，漫山遍野盛开了的红杜鹃，以火焰的魅惑，在熏香的风中摇曳着醉迷。温暖，惬意。即使是在飘雪的冷冬，即使，仅只是，缘起于偶然，而结局并不是唯一。

等待的过程浅浅淡淡，清雅随风。而交错的瞬息里对视的片刻，便足以绚烂得让目光对流交织，缠绕出醉人的旖旎。随之而至的记忆，顷刻间婉转迷离，于花香之夜温柔地侵袭，绵延进风里，凝结成晶莹的露珠，纠结，延续，一生一世。

美丽的相遇，如何能不衍生出一段倾心的相许。仿佛只能是这样，才会不辜负了那份了然的极致。于是，一个从没被预料到的段落于转瞬间开始，一段没有经过排练的戏剧亦在仓促中上演。所有的道具都是匆忙地赶制，所有的台词都是临时地拼接，表情，应对到半是自如，半是虚无。剧本缺失，剧情便只能是百般的拙劣、支离。而角色斑斓着，在华丽的飞舞中深深地隐匿。时光流逝。

没有一份承诺敌得过地久天长的归一。只待落幕，没有人来替谁收拾一地的残局。假若人生允许剪辑，假若戏剧能够重新开始，我们其实，真的很愿意，付出手中所有的筹码，换得一个停留的瞬息，借以擦去些许疼痛的印记。删除那些错误的记忆，而那些美丽的章节，总还是，祈求着可以被贪婪地留住。可是，夜复以日，疼痛总是不期然地错落纷至。笑容被风霜蒙蔽，曾经年轻的心，一点一点地被谎言和虚无，蚀尽、破碎、散落、支离。

没有假如。长长的路上，我们只能微笑着，饮尽孤独。假装坚强，把回忆收进行囊，携苍茫的夜色，期待黎明。再细细地数着太阳的脚步，从晨钟，敲到暮鼓，一步一步，从容地继续。

距离，如何能阻止爱的狂澜，时间，又怎会把沉醉的梦境生生隔断。几世的遥望，望不穿的企盼，历尽艰难。相思如潮，汹涌着泛滥。违背了爱的意旨，花和叶子，终于相见。我轻轻绽开灿若血茶的花瓣，把掌心里温存恒久的真爱，缓缓托起，为你珍藏了相遇、相知、相爱的果盘。阳光幻化出七彩的颜色，万绿丛中闪烁着万顷炫目的红艳。

那一刻，天地肃穆，万籁寂然。你深深地凝视着我，眼神里重复更迭着喜乐悲欢。时间安静地沉醉在你我的怀里，无言，诉说不尽千千结绕柔情缱绻。温柔的气息氤氲周身，婉转弥散，缠绕着的指尖，紧紧扣住盈然欲落的片刻温暖。停滞的空隙里生死相依，瞬息的交融，静默的光阴荏苒着水样逝去的流年。

就将这尘世纷扰尽皆抛却吧，一世寂寥，怎抵得虚无的幻境里满目波光潋滟。曼珠沙华，执手相看，目光中缠绕着温存许下厚重的誓言，爱人，如果我有下一个人生的今天，我愿意从此为你放弃轮回，生生世世背负沉重的苦难。纵然万劫不复，我，亦甘愿，就此沦陷。

我在这端，遥遥地释放着思念，天空湛蓝，白云依依。你在那端，脉脉地仰视穹苍，晴空万里。意念在空灵中透迤传递，目光与目光穿越着距离，在时空的尽头缠绕纠结，盈盈一水间，千里万里。枝头花香浓郁，回响着黄鹂鸟清脆的鸣啼。

很想一直一直地陪着你。在遍野的空旷中，听溪水潺潺，闻花香鸟语。把你依偎在我的怀抱里，让双目仔细地注视大自然的美妙，春日的柳枝儿，是怎样地随光影流转，曼妙旖旎。阳光透彻地洒落，花叶扶疏，醉在燕语莺鸣的琉璃世界里，任天荒地老，万籁沉寂。那样娴静的感觉，亲爱的，是不是，已恍如隔世。

很想很想陪着你。漫步在小桥流水的江南，比翼，相依。用玲珑的指，拈起一枚花瓣，芬芳万千，你柔软的唇，眉心间的红晕。环绕周身，飞扬着缤纷的雨丝。感受你殷殷情深，心底的怅惘幸福地蔓延开来，风掬起一池涟漪。你的掌心里，为我保持着不变的温度。恣意着你的宠溺，我从容地开成一朵温柔的茉莉，素白的花瓣，细致的心蕊，盈盈绽放着，身姿楚楚。经年的心事，点点滴滴，在细雨里静静地濡湿。隐匿千年的柔情，为你渐次复苏。

一直以来我都是一个喜欢逃避的人。在忧伤遍布的时候，都愿意远远地避开纷繁喧嚣的尘埃，独自一人，在幽深的夜色中，在炫目的阳光里，孤独地行走在人群中，寻一方纯净清澈的空间，浅浅地停留，独占一份安然的缄默，晶莹若水，物我两忘。

尽管，一直都是很清晰地明白，逃避，真的不是一个好的习惯，却仍然一如既往地这样习惯着。

受伤的时候，只想做一只凛然的刺猬，蜷缩在属于自己的角落里，将锥刺的外衣坚挺地竖起，用冷漠与坚硬铸成铠甲，静静地裹藏起那些柔软的疼痛与忧伤，也拒绝那些会让我泪如雨下的阳光和温暖。

总觉得一个人的空间，其实也没什么不好，可以很专心很安静地想很多事情。除了，偶尔会有一点点的寂寞，和些许的忧伤，无以名状。喜欢在冬日的午后，坐在暖暖的阳光里，什么也不做，只静静地发呆。喜欢坐在八楼的窗台上，透过玻璃窗，眼神迷离着望向远方，山山树树，云云水水，尽收眼底。阳光很好的时候，天很蓝，云也很白，思绪徜徉着，在蓝天白云间，便也是一样的澄澈晶莹了。疼痛，渐次地浅淡无痕。

或许，恋上文字是一种宿命。独上兰舟，轻泛于水墨丹青，陪清风对饮不醉不归。我在墨香里演绎自己的淡淡清欢，我在墨香里种植自己的一草一木。任锦瑟年华在晓风清月中走远。我亦嫣然在水墨流年与相懂的人相伴，与相伴的人相惜。斟一杯春色，对着文字里起舞，穿过山高水长，我总能找到属于自己的一方幽僻，一篱桃源临水照花，用文字绘制一卷光阴煮雨，烹茶。我在时光里绣一方清欢，与自己对话，与山水呓语，与草木耳鬓厮磨。忽然发现，文字就像一件往事。日复一日，年复一年，在流年深处静默无言。当有一天，被某一个偶尔路过的人惊醒，仍会清晰如昨地倒映在我们面前。一些猝不及防的情感，如决堤的海，瞬间打开我们紧闭的心扉，任滚滚往事，从淡淡的墨香里倾巢而出。浮现眼前的旧人、旧事、旧景，不仅有一种淡淡的疼痛，更有一种温润心脾的暖，让人泪流满面。

雨后晴朗，捧一卷书。沐浴着春日暖阳，感受着窗外的盎然绿意，让一颗琉璃素心渐渐安静，如一湖春色，透着晶莹，透着澄澈。泡一杯浅茶，慢慢品，静静回味，让盏中茶香，沉醉了一路的风尘。回眸处，春暖花已开。就让我们盈一怀恬淡，倚一树清风，听雨，写诗。让一切喧嚣，在安静的临摹里淡暖生香！

却不曾料到蓦然回首处，其实环绕周身的仍是那一树一树的花开，挡不住的阳光与暖意，逃不掉的真情与温馨。心在寒冷的坚硬中被一点一点地侵袭温润，复柔软至极，温柔地疼痛，沧桑地幸福。

日复一日，疼痛总是不期然地错落纷至。笑容被风霜蒙蔽，曾经年轻的心，一点一点地被谎言和虚无，蚀尽，破碎，散落，支离。

没有假如。长长的路上，我们只能微笑着，饮尽孤独。假装坚强，把回忆收进行囊，携苍茫的夜色，期待黎明。再细细地数着太阳的脚步，从晨钟，敲到暮鼓，一步，一步，从容地继续。

风声传来你的芬芳，以及轻柔的呢喃。雨里飘过你醉人的谵音，你没有变，你还是昔日那个红杏枝头春意融融的伊人。你的思念越过千山万水，一百年的相思，染绿了黄河的波涛汹涌。一百年的绚烂，血焰的魅红盛极在东西彼岸。生生相惜，两不相见。呼吸着彼此遗下的气息，在错过的时间里，用沉默，将周身布满。任思念弥漫，无语，凝望苍天，追随着太阳的脚步，一路蹒跚，目光穿透穹苍，释放一缕缕绵远的系念。幽深的夜色，细数繁星点点，捧一捧寂寞在掌心里揉碎，片片洒落，坚硬的土地深刻地隐忍，妩媚的痕迹丝丝斑斓。

世事轮回，尘缘转换，岁月迢遥，飘逝如云烟。奈何桥上，人影幢幢，烟尘漫漫，孟婆的汤碗里盛载着千万重不舍的呜咽，只为，放手，转身间，朝露的容颜，夕阳下意已阑珊。

然而，我的灵魂却仿佛在佛的禅悟里升华成黄河奔流不息的涛声，身在尘世，心却在云层上端。淡定云卷云舒，笑看花开花落。

这是一种境界，尽管很高很高，"路漫漫其修远兮，我将上下而求索"。我自信，面朝黄河激流的一刻，我一定会以一种玉树临风的雄姿，高唱一曲春暖花开，属于自己的，也属于所有爱我和我爱的人。

对着岁月，我可以不言不语。转过身端庄自己一份雅兴，让文字在生命里洒下一路清影浅笑墨香人生。借微蓝凝眸掬三千弱水一瓢饮，饮尽天下繁星点点。多年以后，文字还在这里。相信文字里那些花开，没有花期。像一件往事，一直静美在那年，那月，那日，泛着淡淡的馨香。

那些花落，是一地诗香，没有黯然，只有一行行无韵的清词。

我期待自己走进春光无限的遐想中，我期待自己走进梦想永远的追求中。宁静方能致远，生命只有在静静地走一条路，方能听到来自心灵的语言，遥望到云彩后面的光芒，发现地壳下面汹涌着温暖的泉水。立在闪烁的霓虹灯里，生命只有迷茫与惆怅。不要再去捕捉虚无缥缈的海市蜃楼，用心去赏那些坚实的脚印，生命就一定能做到坦然。

让风送走人生中的哀怨，让叮咚的泉水吟唱你内心的歌。

不平静的思绪亦如这雪夜一样

晚风冷冷的，冬夜是如此的漫长。月光洒一地清辉，思念透着小小的窗棂似一只活泼可爱的猴一样，跳动着、望着闪烁的星光，带给天空的瞬间美丽，让沉睡的小屋变得不再寂寞，不再孤单。我的心也因这风，这月、这星光而变得不再平静，思绪亦如这雪夜一样，是那么的悠长，悠长，飘飘，悠然。

临窗而坐，看着那冬雪，漫天飘舞似落在心间，点点清韵，丝丝惆怅，那清清凉凉的雪花唤醒了许多往事温馨的记忆。

花飘落了，有谁怜？叶飘落了，有谁叹？此时的心情在飘落的瞬间是不是会有人知痛楚，轻轻地屏住呼吸，静静地聆听来自心海的消息，渴望能感知到一个真实的心跳，在这个冬雪白炽的夜晚。雪花淋湿了袅袅炊烟。

西北，极像一个刚强，坚毅，冷硬的汉子，有棱有角，有情有义。在天高流云下坚定地站立，任粗暴的狂风吹成一道痕，慢慢地，慢慢地滑落到内心，然后填满心中每一个空虚的角落。

西北，是山水画一样大气磅礴的地方；是心旷神怡、绿草如茵、牛羊如云的地方。这里万物融洽交流，到了此处就仿佛有了一份与前世今生惺惺相惜，默契相知的感觉。

西北的广袤、辽阔、幽深，造就了男女豪放与坦荡的性情，有着西北天高云淡的高远与了然。在阳光下显得柔和与淡定，也有让人向往心灵的纯净与明朗。

浓浓的西北风，缱绻折叠成一行行的诗篇。好像文字总能与心灵产生微妙的共鸣，如潺潺的流水依恋着小溪。那些情深爱浅的情感，那些任时光怎样来去都无法不忍割舍的记忆，那些穿越时光也无法从心中抹去的片段，都被一点点穿起，或许这一切都是上天早已注定，是一种天定的宿命。

在缘分的天空下，我们相遇，缘分是一种很奇怪的人间情感，不是每个擦肩而过的人都可以相识，也不是每个与自己相遇的人都会变成缘分，也不是每份缘都可以牵手，缘分是很讲究天分的。

夜夜屏前，飘进文字的空间，如幽香一缕，情悠淡香，我以自己最真挚的心态素面清颜，以初次静水之地，静等你来画前世未画完的眉，覆盖渐渐苍老的流年。

触摸淡然，一缕平安，感触着美好，体味着自然，幸福可以给予，快乐可以分享。我想编织起一个个温馨的日子，萦绕如雨般的思念飞到你的眼前，那就是我最美的祝福和期盼！

岁月沧桑，几经坎坷。感情像已经迈进熟睡的酒杯，再也揣不起天地之间的视野，我将这浓浓的思念推向了月光的琴边。隐隐约约让思绪飘飞，梦中的人与景，在篝火边温热了夜的天边，随风而至的缘与随风而去的尘，总会紧紧地缠绕着一颗孤寂的灵魂，迎着风来雨去，声声润心。

将我对你全部的思念写成这款款文字，只愿当你读到时，能再次把我想起。四季的风，吹出一首首绝美的画卷。而今，可否为你吹出一片深情。你说你是一片云，飘浮得让人捉摸不透。爱，并由此而生。情，由此而真。

一个人，静静地迎接着伤春、悲秋、苦夏、愁冬。

看着一篇篇指尖流过的文字，感叹于文字的奥妙精深，却也被那纠缠的情感深深地折服。世间说来奇妙，即便是那一株渺小的随着四季变换的花草，也会寄托于无限的情丝。还有那不知情物的植物本身，还有那四季不折不挠的荣辱与共。

终是舍不得，舍不得看见一点点的消失。心如浮尘四季飘动，在动荡不安中拾起那把小小的桃木梳梳理起稀少的头发，看着铜镜中渐渐衰老的容颜，用思念丈量着身边的万水千山。

总是有人问及喜爱"睡莲"的心境，不愿解释，只怕丁点儿的造作污染了那"莲"的本性，躲闪着时间尽快让记忆的风，把烦琐的过去带到遗忘的角落。

我的心似一把锁，锁住里面的是尘封的记忆，还有许多不可知的无奈，在它们精彩绽放的那一刻，在这寒冷的冬季为我的心带来了几丝暖意，分享着曾经的喜悦与甜蜜。夜，因与你的缠绵而变得更加温柔与美丽。

平心而论，我不仅仅是为你而畅言或动容，抑或是惋惜，更掺杂着一种莫名"痛"的成分，重重地压抑在胸口，哽咽在喉咙。我想表达些什么，却又无法释怀。

繁华三千，在走远的光阴里若隐若现。安静地在文字里绣一缕阳光，任其在光阴中温暖每一段潮湿的岁月。因文字结缘的一些情深义重，即使隔山隔水，亦是温暖无限，天涯也在咫尺。相信心不远，路就不远。

花开花落几番晴，草荣草枯几轮回。养一些春色盎然，让我用文字绘制一场盛世光阴。经年若梦。蓦然回首浅一笑。此生，我愿在文字里守一颗淡泊之心，拥一份春之淡然！

感情究竟是什么，它隐匿在每个人灵魂深处，却不能体现统一的特征，每个人想要表达一份感情，表达的方式却迥然不同。这也许就是遗憾，也是人与人之间之所以隔阂，总也无法沟通的症结所在。

香花谢，芳草枯。携着冬的手，看着大千世界皑皑白雪。天地方圆可曾有家，只是这雪融化成了水，流入了土的心，从此得到了归属。日复一日，月月相继，免得在彼此记忆里留下一段阴影，因为它足以影响或牵绊人，整整一生。

风吹起雪花，仿佛纷飞的花瓣散在梦醒之间，望着飘落下来的花瓣，我读着岁月，任红尘滋味在我流年的光阴中流过。形成一幅凝重的画，剩下的也只是在回忆中努力寻找的那句话："让我们牵手于前世，相约于今生。"

晚 秋

冬至的夜凉如水，坐在书房里黑暗处的她，倒了一杯白兰地一饮而尽。那浓浓的酒味立刻在空中飘散。"他真的爱我吗？"对着空空的酒杯，无力地喃喃着。思念时，就喝一杯酒，让孤独的相思，随着酒味在空旷的空气中自由飘扬，这已经成了她的夜间习惯。

时过数年之后她仍然记得，同样的夜晚，她和他坐在"昨日重现"咖啡馆的松软沙发上，他对她说："我们分手吧！"夜冷得让人出口气就像吐雾一般，而在此时寂静的空气中还飘动着一股雀巢咖啡的浓浓香味，一切静谧而美好。

不是他不喜欢她了，而是他爱得不能再深了。他天生喜剧派的性格，无法体会到自身的感受。同他相识整整三年了，她一直默默地爱着他，一心守候着他，没有一句埋怨的话。

他不是不知道自己对她的爱恋，而他只是把爱情看得太简单了，觉得到一定的时候他会表达出来，让她知道他的情，他的爱永远属于她。

她觉得他根本不爱自己。只是他在等待，等待他生命中的女主角。她不止一次问他："你爱我吗？"可是，他总是抱了抱她，没有正面回答。

就这样，她在无尽的遐想中等了三年，这样的日子，不只是相思的痛苦，还有一种屈辱般的无奈，在等候和企盼中，自尊和自信一点点流失，她决定离开，也许只有离开才能让他找回自己的等待。

从"昨日重现"咖啡馆走出来的她彻底离开了他，彻底地断了让她苦与乐并存的这段感情，也让他放下了这段情缘，离开了她到另外一个城市寻求发展。

感情的空虚，使她爱上了饮酒，烈性的白兰地，饮了一杯又一杯。每当夜深人静时，她无奈地望着天边最远的那颗星星，眼泪像断了线的珠子淌下来，自愧是感情的失败者。甚至自责在没有情敌的战场不战而逃，可悲可疼，她能甘心吗？她需要一份承诺，需要一个家。

时光穿梭，那一日她遇到建吾，是她在参加一次学术研讨会上，见到书生气十足的建吾，衣着整洁，谈吐诙谐幽默，还长着一脸络腮胡须。既有文人墨客的气质，又有一股男性十足的剑客柔情。建吾是主办人自然要答谢各位同仁，当他把酒杯举到她的面前时，两双眼睛互视片刻后，她举杯向建吾致谢，扬头一杯酒早倒进嘴里，建吾见状也举杯扬脖而下，嘴里连连说着好酒量，下次有机会一定再痛饮。

在后来的数月里，她真的成了建吾的女朋友，在相识了半年后的一个星期天，她嫁给了建吾，成了建吾生活中幸福的小女人。

最初的激情慢慢趋于平淡，平淡而无聊的生活工作中，她却突然想起了什么，于是在结婚的当天，打了个电话给他。当她把结婚的消息告诉他时，他在电话里沉默了好久才慢慢地对她说，"祝你幸福"然后挂断了电话。她不知道那好久的沉默中他在想什么？或许他想要说什么，是不是被她快速结婚的消息吓坏了。还是他想要告诉她什么?

　　她有的是时间遐想,因为她是自由撰稿人,每当完成一篇稿子时,她总会倒一杯白兰地,一饮而尽,然后就陷入了无尽的思念中,她一次次地追问自己,曾经的他真心爱过我吗?即使现在自己已婚,即使现在知道了答案也已无法再改变什么。可是,"爱我吗?"那是她对自己少女时代唯一的牵念。她一遍遍地想:他爱过我吗?

　　如果说少女情怀是一首纯真诗,那么少妇的生活则是一篇华丽的散文了。她在安稳与恬淡的生活中一晃过了三年。母亲因患肺癌两年前离她而去,谁知仅仅过了半年,恶魔般的肝癌又使她失去了爱她疼她的父亲。

　　她开始在这个城市里东奔西跑。有些纠缠,有些邂逅,有些凄楚,有些迷茫。

　　然而,她的内心却从来没有停止过对曾经的他的思念。每每思念他时,她就喝一杯酒,一杯烈性的白兰地。自从与他分手之后,她就养成了这种习惯。

　　一个小雨绵绵的下午,她的手机响了,她漫不经心地接通了电话。突然一个熟悉而又陌生的声音传进了她的耳朵。是他的电话,说他出差到这个城市,想看看她。问可不可以?她也不知道三年来自己辗转换了多少个电话,他居然还能找到她。

　　为什么不见呢?她想,他是自己曾深爱过的一个人,而自己也许只是他生命中的匆匆过客而已,就算是普通的朋友,见见面也无妨。

　　在"昨日重现"咖啡馆里,她和他面对面地坐着,相互凝视着。如果说时间可以改变一切的话,那么两个人都有着明显的变化：他略胖了一点儿，精明干练的外表又添了不少的成熟，一双透着智慧的双眼更是他成为商人的标志。而她呢，只是少了少女时代的清纯，多了少妇特有的典雅和妩媚。

"咖啡吗？不加糖。"他问。三年了，他仍然记得她爱喝不加糖的咖啡。

她摇了摇头说，"一杯白兰地！"

他微微颤了一下："你什么时候学会喝酒了？"

"你不也学会抽烟了吗？"她盯着他手里的烟说。

两人相视一笑，然后他天南地北，人间旷世，天下奇闻，无所不谈，只是相互都不谈及感情，触及往事也只是小心翼翼地一笔带过，仿佛那是一枚定时炸弹。

她沉默了许久，抬起头来坦诚地说："那些你我曾经的日子，也许我抱怨过，埋怨过，可原来我错了！原来那段不属于我的爱情是不能享受的，于是，我试着清醒。在一拨又一拨的希望和绝望的矛盾边缘徘徊不前。我知道我只要勇敢地跨出那一步。只是，那一步需要太大的勇气和力量，而我却失去彻底征服你的那股勇气。于是我还是落败了。没有登上战场，我却早已落荒而逃。我心里落了满地的鲜血……"说着话泪水夺眶而出。

他抿了一口苦涩的咖啡说："过去的事就让它过去吧。现在回味只能让人感到更加酸楚。"说着递给她一包纸巾，"快擦了吧，要不该有人说我欺负你了。我给你讲一段故事，你想听吗？"她点头示意。"以前，有一个年轻的学者，潜心研究各种微型雕刻，一心扑在雕刻艺术的创作海洋里，孜孜不倦，用时无数。在象牙上、金银器皿、红木、紫檀木、玉石、以及一块黄河卵石上面都雕刻过各种花草鸟卉图案。"

他点燃了一根香烟，深深地吸了一口，接着讲，"一位年轻的学者，他热爱生活，热爱生他养他的这片热土，更爱他相识相伴三年的女朋友。谁知天有不测风云，一天，与他相爱的女朋友的母亲找到他，恳求他放弃女友，原因是老两口膝下就生了这根独苗，为了以后能让她生活幸福，他们已为姑娘选择了在市政府工作而且还是一个秘书的对象，可姑娘死活不肯答应这门亲事，无奈之下姑娘的父母找到了他。望着泪眼凄凄的老人，年轻的学者动了恻隐之心，在他很小的时候母亲患病舍他而去，至今记忆犹新。眼下老人的要求似乎变成了一种乞求，为了自己心爱的女人幸福，他答应了这本不该答应的要求。他选择了主动离开这里……"

夕阳西下，华灯初上时，他说："我得走了，晚上八点的车。保重！"他向她走过来，像当年一样，抱了抱她，然后毅然转身，踏着大步走去。她强忍着将要流出来的眼泪，她急忙追了出去，朝着他的背影大声喊道："你为什么不告诉我答案呀。"然而他的身影很快就融入了人海里。

其实她一直都很在乎他是否爱过她或是没爱过她，她要他亲口告诉她，她只想知道答案。

夜晚的星星如此明亮，照在大地映射在她的身上。空气中弥漫着一股夜来香的气味，一切静谧而美好。一如当年的夜色。她沉浸在这样的夜色中，心里似乎明白了一点儿什么，却也说不清，只是脑海里一直在想他讲的离奇的故事。"嘟嘟"手机传来信息的声音，她打开一看，是他发过来的。

"我就是刚才故事里面讲的那个年轻学者，现在说出不该说的这一切，可能一切太晚了，但是看到你很幸福，我很高兴，永远祝福你我的朋友。我爱你！"

　　看到迟来的答案，她再也忍不住，捂着脸，任眼泪肆意地流了下来。脑海里一片空白，不知天上最远的那颗星星是否还在。

　　她想转身跑开，可腿像灌了铅似的一动不能动，只能泪流满面地呆立在那里。此时她才明白，原来她一直在寻找的答案其实就是自己的父母！

能否牵到她的手

我把自己的感情比作一泉清水，把自己的灵性比作心灵的触觉，无论遇到何种不同和差异，都会影响到我的心情。但是，我却很悠然，也很洒脱，每当遇到揪心的疼痛时，精神自然也会很痛苦，那是因为我有一个常人的心态和生活的圈点。

喜欢闲暇之余读书写诗，已习惯了这种孤僻的独处，封闭在自我的空气里模拟一块属于自己的自由空间。在寂静而不寂寞的生活中，已形成了无人能闯入领地的情感，已使我的爱、我的情、我的失落、我的悲伤、我的失恋、我的疼痛、我的疯狂与颠簸，都成了我不甘消沉的人生底线。

淋浴苍天的风雨，忍受大地的摇晃，随着万物来开放。我却依然爱我的孤僻独处，只有这样的空间，我才能找到曾经的芳香，我才能嗅到曾经的体香，近似完美的温柔，还有那诱人魂魄的国色天香。

蝶，只是为花而来，而花，独为蝶开。

爱意总是朦朦胧胧的，一种不可言传的感觉。那些年代，那些岁月。在我曾百思不得其解的忧伤下，只能信马由缰飘然而过。

我的脚步也曾走出草地，踏着感想的泥土，在无法忘记的回忆中划破了夜空，夜空给了我一片安详的月色，星星一闪滑过，仿佛给了我飞的感觉，思念的享受，给了我一份清远的超脱，这样的超脱我能享受点点。

当我看着那些曾经熟悉、带有浓厚情谊的话，内心里总有种酸楚的感觉。那些我们曾一起走过的路，路边的那棵大树像是根刺，卡在了我的记忆里。而在那个冬天，我默然，我深爱的女孩，终于在第一场雪到来之前与我形同陌路，成了我生活中最熟悉的陌生人。

每当回想起那些充满痛苦和寂寞的夜晚，都会想起她说的那些话，记起她对我的好。可忽然又发现，最难忘记的还是曾带给自己伤痛最深的人。对于刻骨铭心的伤痛像灯下的影子晃来晃去久久不肯离去,我关闭了电源灯黑了,可我始终还是放不下，不知为什么……即便她曾经那样深深地伤害过我。

突然脑海里产生了一种想飞的感觉，寻一块清远的去处，得到一刻纯美的享受，拥有一时唯美的温婉。

恍惚中觉得已经是明媚的季节了，但掀开窗帘看到的却是安静坠落的雪。我忽然感觉这个世界已经改变了，不是雪花飘落，而是我冰冷的心在颤抖。

大千世界里，那些沁人馨香，超然不凡，高贵脱俗的漂亮女人们，总是炫耀自己的美丽，作为追求名利的标志。总喜欢把自己放在世界的屋脊，做着美妙的幻想，或者一种平淡生活中的慰藉。而男人们总喜欢带着女人散步，然后像收藏一尊古董一样把她们放在家里保养。

追根溯源，凡是统称尤物的俊男俏女都是年轻人激情澎湃的根源，也是年老人永葆青春的基本奥秘。

有人追其一生，不能如愿；有人好运当头，真爱说来就来；有人得到至爱，便终其一生，小心翼翼地呵护。有人却不断见异思迁，追求新的偶像。

哲人曾说：女人有时候，像山里的雾一样迷蒙，有时候，又像天边的晚霞一样美丽，有时候，她完美无缺，美得纤尘不染，美得深谷幽兰般的奇香。女人们有春天桃的韵致，夏天荷的风情，秋天菊的淡然，冬天梅的娇俏……

我无法预料结果，但我可以去改变自己生活中的一些东西。就像我和曾经的她，命中注定只是一场过客。记得蝴蝶曾经说过，每个人都会在不同的时间爱上不同的人。我想，或许她就是我在这个时段遇到的那个人。

很长时间没有机会，在这夜深人静的时候把自己融入大自然了。今夜无眠，不是刻意去领略这诗一般的美妙，只是在收获后又寄托播种的希望。看着汩汩清泉滋润着大地，感觉着金色的种子正在萌发，憧憬着一望无际的草原碧绿，生机盎然的大地啊，你孕育着生命，延续着希望。

秃笔在我的指尖下，不知疲倦地穿梭，月亮弯弯悬挂在天空，烘托出夜的宁静。灯光似流萤划破夜幕，轻轻地在我的纸面上描绘淡淡的色彩。坐在书屋，独享宁静，任思绪飞扬。

此刻，仿佛世界上速度最快的不是光，而是思想一念闪过。顷刻便来到身边，静静地看着那甜美的微笑，细品往日的温馨，千万遍地默念还有那声声的祝福和誓言。此刻，思念已不再是痛苦，回忆也成为醇美的甜。

心灵撞击的火花照亮了我曾经黑暗的内心世界，思想的共鸣敲响了我希望的钟。只有那些飘落的雪花还在悠悠地吟唱，醇美的夜，滋润我醇美的心情。

今夜少眠，我拥抱自然，独享安宁！每个人的心中都有一份自己的安静，每个人的心中都有一个梦，伴着雪后暗香的一缕缕思念飘来，感动在天地间，真诚在人世间，世上的情千万种，我却对她情有独钟，也许是免费的夜餐，让我享受这份宁静中的思念。

所有过往，不经意间已被我的水墨染香。大自然会循着春意走在花开的路上。人在旅途，草木深深，岁月的小河暗涌激流不断。一些风干的字迹，在时光里破茧成蝶，翩飞在昨日的枝头。一些经年的画卷，如人生的万花筒经历一场场烟雨，晴了又阴，干了又湿，隐匿着当初的情怀。一些含露的呓语，在淡淡的墨香里酣睡，如此安稳，如此静谧。

看着窗外，夜幕下的每一个闪亮的窗口，听着里面传来的欢乐声，让我的感触似乎麻醉得没有知觉，我想那个远方的她，也一定在夜色下同样地享受着快乐的每一天，她不会感觉到夜色下还有一个闪亮的窗口里，有一个与她心有灵犀的我，独自在寂寞。也许这种感觉只能属于我思念与孤寂的专利。

夜深了，睡梦中的我看到杏花初开，滋润了一抹江山，也滋润了她的灵魂和心，鲜艳的百花盛放初夏，西域黄河的遗风，会带着我的思念，向她倾诉我的等待，还有能否再次牵到她的手……

汶川自强不息

自强不息，众志成城！中华民族没有战胜不了的困难！忆中曾经火红的五月，今天突然感觉到是那么的清冷，哀思笼罩在十三亿中国人的脸上、悲痛的心在滴着近似十万滴四川同胞的鲜血，天空在颤抖，令世界震惊垂泪。

巴山蜀水，一幅幅画面，在眼前缓缓飘落，砸伤了巨龙。一场天灾无声地降临，淹没了数万同胞对生命的渴求和呐喊，校园琅琅的读书声，瞬间被无情击碎，孩子天真的脸上写满了伤痕，无助的眼神不忍卒读。

屏幕上的昔日绿水青山，此刻已变成了废墟连连，四溅的瓦砾吞噬了的灵魂，纷纷哭泣，母亲的呼喊，孩子的呻吟，亲人的哀哭，天空的悲鸣，如西北高原的沙尘，乱了五月的步伐。

曾经美好的家园如今只剩下残垣断壁，多少母亲在废墟前呼天抢地，多少孩子在人群中哭着呼唤父母，多少夫妻从此阴阳相隔，巴蜀大地上到处都洒满了斑斑血泪。

痛，剜心的痛……

在突如其来的灾难面前，人类的生命脆弱得无异于一草一木，人生空间被生死割裂，时间被生死定格。那些曾经失去过亲人，或者看见过生命消逝的人，想必都能体会到这种彻心彻肺的疼痛吧。然而，是谁在危难关头挺身而出，用强有力的双手挽扶起一个个孱弱的生命，是谁用温柔慈爱的双手拭去挂在人们脸上的泪珠——亲人解放军。

残阳轻拭着一朵朵白花，超度亡魂的天灯，在岁月的河里流淌。四川、汶川、北川，一个个天府之川，被泪的海洋倾覆，午后的阳光窒息在两点二十八分的指针上，江南、北国，海角、天涯，飘游着乌云的挽歌。

大爱无疆，当人们搬开碎石，刨开尘土，却被无数爱的壮举，生命的奇迹所深深震撼。母亲、老师、爱人……他们用自己的爱点燃了生的希望，向猖狂的自然灾害昭示了人类坚不可摧的精神伟力。正是爱，这人性至真至纯的部分，弥合着大地的伤口，抚平着人们的伤痛。

大震过后，仍然有许多灾区的同胞承受着身体与心理的疼痛，仍然有许多人在绝望的边缘痛苦徘徊，而我们的心也会为他们感到阵痛。但是，中国人民相信，只要有爱存在，哪怕惊涛骇浪，哪怕地动山摇，都不能摧垮一个民族的脊梁。

面对这些复活的生灵，面对这片坎坷的土地。我们一定要记住苦难的声音，记住民族团结的精神。用我们的心灵和生命，汲取感恩的心，在重建家园之后的时光里，让我们重新分享。因为，充满爱心的人们，是在用生命的光芒，重新丈量了这一座座曾经栉风沐雨、未来阳光灿烂的城市。

这个季节，人们永远也不会忘记，所有并不熟知的名字——志愿者和子弟兵。听到地震灾区那一个个震撼天地的故事，不知道感动了多少人留了多少泪水，那是感动，也是痛惜。想想那些地震中的人们，经受生死离别的场面，还有什么比让我们健康活着更好呢？五月过后，我们将听不见自己哭泣的声音了，因为我们不哭，我们要学会坚强。

今夜，让我们点燃烛光，也就是点亮希望，点亮许多生与死边缘中黑暗的眸子，注视着他们，像绿洲一样蔓延，茁壮。相信，只要有强大的祖国，就会有重建家园的勇气，就会有美好而幸福的明天！

当人们发自心灵深处的真实情感，触然山川、大海之时，定会汇成一股巨大的力量，我们的感动就凝成一个中华民族。

穿黑色风衣的白领

昨夜春雨淅沥，辗转无睡意，在书架上随意翻阅着过去写的几本日记，突然，不经意看到折叠成一只千纸鹤的彩鹤展现在眼前。我此刻的心犹如静静池水，被突然丢入的石子荡起涟漪，层层波纹向四周散去……往日的她，又悄悄来到我的眼前。谁又能懂在这深夜寂寞的一抹深红？

她，身高1.7米，窈窕淑女，端庄的五官，杏核般的双凤眼透出一股倔强的性格，脸上总是显出女孩子矜持和含蓄的表情。她戴着一副文人渊博的眼镜，静静地处于一隅，眼神落寞而温柔，无声无息得像绽开的桃花，娇媚得让人怜惜。她便是我常常思念时见到的样子。她是一个天秤座的女孩，敏感、多愁而又柔和美丽，和她的相识在兰州。

记得当时我工作单位接到驻上海办事处的电话，说有业务单位的主管来我单位考察工作。也不知为啥？单位领导竟派我来接待，并充当工作协调向导。

于是在那个充满温馨的早晨，我带着她来到马子禄牛肉面馆，初次来到大西北的她，尝鲜似的吃着一大碗牛肉面，不知是她吃热了，还是被牛肉面里的辣椒辣的，红扑扑的脸蛋，就像初恋的女孩，脸上泛着红晕。

我此刻正坐在她的旁边，被这独特的画面深深吸引。每当回想起这段情景来都令我那么的陶醉，陶醉在牛肉面馆那无忧无虑的时光里，还有那浓浓的少女红晕味，一直飘荡于我的记忆深处。

短短的十天考察，时间飞似的度过。就在朱珠离开兰州的前一天夜晚，我竟鬼使神差地打电话邀请她来到黄河边上的昨日温情酒吧和她话别。

　　她如约而至，没想她的酒量那么大？她的言谈是那么直率？她的问话是那么的咄咄逼人？足足四个小时，我连一句话都没插进去！到最后她问道："如果一个男人没有事业心，那肯定在生活中是个懦夫，还算是男子汉吗？"她又问我，"你见过骑白马的王子没？"没等我回答，她笑呵呵地说"骑白马的可能是唐僧"。

　　她口若悬河，天上地下的万物都是那么的熟悉，从春秋到战国，中国的历史她仿佛都一一阅读，当谈到人生时，春暖花开到秋叶凋残，细雨缠绵到飘雪纷飞。看寒来暑往，等春暖花开。突然，她仿佛是在质问我"在这个春暖花开的季节，你懂疼吗？疼我为谁落下的清泪，你懂怜吗？怜我为谁倾吐的全部真情。酒，坦荡而酣畅，而我心灵深处却挂满着忧伤"。

　　悠悠寂静的夜空，我看着窗外，仿佛红落飘零，演绎着蝴蝶的期待。轻轻摇曳的是朦胧的梦，尘缘袅袅刻写着清瘦的字。走进那怒放的词语，有一点点走进妖艳的季节，融合着千古的尘世，袅袅尘缘蝶幽怨。

　　"我可以借用你的肩膀吗？"她神情坦荡地冲着我问道，"哦，可以啊！"我不假思索地把身体靠近了朱珠。她摘下了眼镜放在桌上，长长的卷发轻轻一甩，头一偏，靠在我的肩膀上睡了。

　　也许是酒精的挥发，蒙眬中我也昏昏沉沉地产生了困倦感。觉得胸口很沉闷，仿佛被什么压着一样，睁眼一看，原来是她躺在我的怀里，她那隆起的饱满的胸脯显得神秘、美妙、使人产生遐想，她呼吸的声音那样欢快，那殷红的双唇散发着生命的芬芳，身体中散发着阵阵清香，芬芳郁烈，沁人心脾。不由得使我忘却了世界的存在，情不由衷，深深地将她热吻起来。我感觉到，当我们俩的舌尖相触的刹那间，就好像两条狂舞的银蛇，缠绵在一起再也没有分开。

世事真会捉弄人，注定的离别，注定的生死，注定的花开花落，注定的月缺月圆。注定了不同的路人遭遇了缘分这场巧妙安排的圈套。留下的只是无语的凝咽。

一别两年，当我再次看到她写给我的小纸条时，总是被清秀的字迹打动，上面端正地写着"如果你是王子，请骑上你的白马来寻找我。如果你是会骑白马的唐僧，请你去西天取经，修成正果"。仅仅两句话却似无尽的温柔，穿成爱的风铃，摇响了我纯美的思念。

穿过冷冷的风雨路，仍割不断柔柔的相思，千百回在想你的梦里，却无你动听的声音。我想你的世界是否会依旧温暖，蓝天上是否还写意着你的娇媚。水岸的垂柳，是否还悬挂着你的呢喃？我在一株苹果树上，搜索你回归的信息，播放着曾经的窃窃私语，从树叶的瓣里逐渐放大。

探索着，爱是什么？是风花雪月？还是永远的真情与永远的守候？聆听乐曲，一缕一缕折叠舞尽天涯的遗憾，停息的深处也潮湿了春天，憔悴了桃花。缠绕着的是尘封的记忆，也是最后的那一片桃花，落入心间。

看着最后一片花瓣飘落在路面，却无法挽留住春的脚步。回首昨日，晚春的离去使我不由得敲打文字，不由得想着从前的痕迹，如同她写的文字笔墨里，连绵不断的胭脂扣。柔情似水妩媚人世间的情缘。

　　天上的星星一闪一闪，我的秃笔却在白净的纸面上急速而有力地前进着，我仿佛把对她的思念写进诗行，转变成一种深深的爱，将它藏在心灵深处的情，一览无余于空气中，让它自由地呼吸，快乐地颤动，忘我地燃起。

　　在夜深人静的时候，我真希望能看到她，在那样轻软的月光下，那样近地看她眼角微眯的纹路，听她咚咚如鼓的心跳，在淡黄的暖阳里，她总是比阳光更灿然地微笑，张扬，青春，脸上盛放的笑颜，一如开始眉眼静止，像是画上去的画。对于眼前似乎很近，又似乎很远的那个女子，有着眼睛不肯转移的爱恋。如漫天飞絮将她的心一点点柔柔地塞满。

　　而我是那个心若磐石等她归来的点灯人，痴痴地等着昙花一现，傻傻地看着她纠缠的过往。她却披上一袭黑衣，悠闲地走在夜幕星辰璀璨的旷野，抖落浑身落满的碎花。骑着枣红马随着那奔腾的马蹄溅的尘埃消失在远方。而一切落定之后，竟成了我心坎滴答流淌的鲜血。

　　原来，这一种感情就像是春天飘荡的飞絮，缠绵于轻风中，铺天盖地地招摇，把一刻浪漫尽力地漫展开来，仿佛真的可以一生一世。仿佛生命中只有一种季节，千年的等待只是为了这一刻的放纵。然后也真的只有寄书诉情了。

　　很久没有这样清闲了，我仿佛是一个长途跋涉的旅人，历经无数的风雨，终于回到久别的故乡。放下所有的行囊，也卸下满脸的疲惫，在这样宁静的夜晚，在自己温暖的小屋里，泡一杯菊花茶，看朵朵橘黄的小花在杯中慢慢舒展，慢慢升腾，袅袅的清香，沁满鼻息，整个房间都洋溢着安宁与祥和的气息。轻抿一口，一丝淡淡的清香浸润舌尖，细细品味，唇齿留香。

其实在这样的夜晚，品一盏茶，读一首诗，卸下所有的思想包袱，抛却所有的郁闷和烦恼，给心灵放一次假，与自己所爱的人，享受轻松惬意的家居生活，原来也是如此自由自在，无拘无束。

世事的羁绊，人情的冷暖，工作的压力，心灵的烦忧，此刻都已烟消云散。空气是那么清新，夜色是那么柔美，共享这份怡人的美丽，整个人的心灵也沉静，仿佛澄澈透明的水，又如潺潺的山泉在你、我、她的心头缓缓流过，荡涤着灵魂，滋润着心田，那感觉是如此微妙，如此神奇。

春不再，夏已来，我知道远去的只是花，谢下的只是痛。梦里无法琢磨到的人不是她的灵魂，是她的影子或许是穿着黑色衣服的白领，那漂浮的心。

心结

　　阳春三月，万物复苏，地上的小草从冬眠中醒来，伸着懒腰，轻轻地呼吸着充满春天气息的空气。光秃的树枝抖擞着躯干，长出了绿绿的嫩芽，那朵朵黄色的迎春花正仰面笑望着太阳的容颜。几只小鸟忙着穿梭在树林中，清脆的叫声似在歌唱又似在提醒人们春天已经来到。

　　春风吹走世间的尘埃，跟随时间的脚步回到那遥远的过去。而我的情感却徘徊在梦境之中，仿佛在梦中寻找那曾经快乐的天堂。聆听远方欢愉的歌唱，我慢慢地闭上双眼，任风吹来那阵阵清新的香草味，让我心旷神怡。

　　一团浮云从天边飘过，我不愿意在这样的季节把萍儿想起，我怕自己太无力，承受不住这伶俜的落寞和悲寂。更不愿意在这神清气爽的时候被惊醒，我怕自己太忧伤，按捺不住内心的驿动和狂想。

　　无奈的思绪，硬把我拖回到与她曾经相恋的季节，留下豆蔻里最凄美的爱与忧伤。依稀记得，你曾在我影子的窗前沉默，诉说着此生与共的情缘天堂。

　　去年冬天的华尔兹在蹁跹地旋舞，冰封在季节里的容颜也慢慢地融化。而你却在这个涣然冰释的初春中，消失在浮华的深巷里。

　　我蹑足轻踪地循着你的足迹，在你写给我的最后的日记《享受孤独》中看到："我一个人很孤独，但不是寂寞，所以孤独不是寂寞，我理解为它是指没有伙伴，没有喧闹，独自一人，形影相吊，这并没有什么不好，它是一种意境，一种凄楚的美丽，孤独来时独守窗前，看幽静随风摇曳，望行人步履匆匆。享受孤独者，精神世界原本就没有孤独，可以用冷峻平和的眼光看待世界，在这种眼光中，世界的一切悲欢离合，兴衰荣辱，只不过是人生中相遇的过客。

我不寂寞，我只是孤独，孤独并不哀伤，它给了我一个无限的思索空间，它让我在自己的世界里尽情地享受，尽情地开怀。"

当我看着"她"潇洒的文字时，瞬间有一种强烈的震撼感，就好像在一处空空的房间里，突然听到有人拨弄熟悉的琴弦，它会令人忽然震动起来，在那一瞬间会产生一种特别强烈的心痛感觉，眼眶有泪，伤心的泪水将夺眶而出。

仿佛看到了一个模糊的世界，仿佛自己正沉入海底，让人无法呼吸，在眼泪落下的那一刻变得很清澈明晰。不在乎曾经天长地久，只在乎曾经拥有，看着你越走越远的身影，哭了，一种发自内心畅快的痛哭。

人活着就是在追寻一场梦，自始至终都在追逐着心中的美梦，不管是历经沧桑的梦，还是近在咫尺的梦。从头到尾，并不知道它是否会有戏剧性的转变！

确实有许多悲哀无以言表。对"她"来说，总觉得自己是朵逐渐枯萎的花，结不成果，香也被人遗忘，生命说不定什么时候终结都不知道。总是那样地喜欢预感，好似错误的时候很少。

怀疑自己是不是有先知先觉的功能，或许是性格决定命运也说不准。好像这样还不能总结自己的秉性，想起很多，感觉有无数个头绪，不知道从哪里开始梳理。

青山不改，绿水长流。在"她"心目中坚持的是不变的信念。爱别人永远比爱自己多一点儿，善待身边每一个人，把微笑带给别人，把痛苦留在心底，这就是"她"爱的初衷！

甚至觉得活着不是为自己，而是活在别人眼里，活在道义里，活在无尽的责任里，想要做自己的事也很难很难。总有许多梦无法实现，总有千万条路不曾留下你走过的足迹。就让一轮明月挂在心头，也许实现的梦反倒不再美丽。

昨日我站在大什子眺望天边，好像登上地球之巅，俯视人寰，像一匹烈马奔驰在草原上寻觅爱人，我游动在人流中探寻萍儿。我找遍东西南北，我翻遍人间辞典，我问过万种尤物，并扪心自问不断，爱情，爱情到底是什么？到底是什么？

我对"她"的爱恋，苍穹吐真言。爱情是宽阔的胸怀，容得下日月星辰。大海指点迷津，爱情是真爱，纳得下溪水百川。高山峻岭，爱情是脊梁，撑得住九层青天。大地寂寞无语，爱情是春蚕，直到死吐丝不断。

人们总说一见钟情，可是他人没想到"她"的身影，同样能够让我心动！恰似是谁拨动了我心底的那根琴弦，让沉寂许久的湖水再也不能平静，波纹层层四散……

记得那是一个仲夏的夜晚，天上的星星一闪一闪，凉爽的微风从天际的边缘，缓缓地吹到绿色环绕的房间。房间暖和，羊毛地毯没有声息，室内陈设轻狎，光线柔和。

"她"羞答答地坐在床的边缘。圆润的脸庞变得绯红，性感的嘴唇在微微张开，二目轻轻地闭着，好像在做着美梦。此刻我感到身体里有一股内在的冲动，忘却了赞美的语言，和那动听的缠绵。月亮羞涩地躲在云层的后面，星星们掩眼，跑到了天际的另端。

爱情不是从晴空万里瞬间到倾盆大雨。好感有的时候会演变为喜欢，再后来谁又能保证不会成为刻骨铭心。如此缠绵的爱恋竟然真的被我碰到了。这样的巧合就算不是宿命也总该是缘分吧！

若非阅尽铅华，岂能高韬独立。如果我们都将老去，相信我们都不会将曾经的美好时光遗忘，因为我们彼此都把对方的挚爱，装在了思念的信箱，仿佛能觉察到相互呼出的暖和而又湿润的气息。

可是"她"的秉性，总是那么固不可彻。任感情的浪花，抛进一片茫茫无边的大海，任她去漂泊。而我的固执却依然留在那间房屋里，案头上还是摆放着一盆孤零零的玫瑰花。

总是怀疑，感情经受不起时光的打磨，那么就请隐忍一团乌云，谁也不许咀嚼忧伤空悲的哭泣；如果"她"忍耐不住挫折的砥砺，那么就请"她"忘记那片苍穹，忘记那犹如潮汐般的誓言。也许寂寞比相爱更容易，没有私欲，没有失望。

曾在那个难以忘怀的夜晚，在我的耳边喃喃道，欲望是一个永远无法迫近无底的深渊，囚困着红尘中痴男怨女的无休止的期待和贪婪的眷恋。也许寂寞比相爱更容易，没有辜负，没有绝望。时间回不到最开始的地方，曾经的过往像是流沙一样。被腥风血雨蹂躏遗弃的石子散落在天涯。

是啊，我宁愿寂寞，不再被你禁锢；宁愿寂寞，不再为爱蹉跎；宁愿寂寞，不愿留守失落。宁愿寂寞，不愿拘囲在你的视线，不愿静止在"她"的指间。有些时候，只是宁愿寂寞，宁愿没有悲伤的寂寞，宁愿只有疲惫的寂寞。只要有"她"的影子还可以作陪，只要有灵魂还可以安放。我宁愿陪"她"一起寂寞，只是寂寞。

当我望着天边远去的流云，我仿佛在问自己，我是沿着你的脚印追逐下去，还是在我心灵深处埋藏着你美好的昨天，还有"她"带给我那永久的痛苦和深深的遗憾。

记得"她"写给我的那首《孤独的爱恋》，"在那短短的时期，带着浓厚的情意。无比格外地爱你，恋恋不舍地别你。"可我在感情世界的长河里一贫如洗，如果再不珍惜这刻骨铭心的爱恋，拿什么来给"她"以后的幸福呢？我该如何去选择，是该勇敢地面对，积极地争取。还是选择逃避，从此在你眼前消失？我茫然，但我更期待"她"的出现！

无奈的思绪

信手翻书，指尖匆匆滑过书页，最终落在夹在书页中的一张照片上。照片上那无边的翠绿托出盈盈的花朵，淡紫红的色，是粉桃的花瓣微微蹙着眉，是天真烂漫的神态里含着似有若无轻烟般的愁，带露的纯净，又不能放手的怜惜，这是意识里可以呼吸的容颜，出其不意的惊艳。

我认得照片中的花卉是叫喇叭花，是小时候在村庄里经常见着的一种花，门前屋后，山坡上，菜园旁常有它的身影，那时看见叶绿花好只觉得亲切。再凝视时，喇叭花影影绰绰的花瓣顷刻幻成一张女子的脸，那双斜睨的眼睛，卑怯的眼神，穿透许多年的浮尘，竟异常清晰地浮在眼前。不曾想以这样的机缘再见到她。

她叫小雨，修长的身材，天庭显得格外饱满。乌黑发亮，宛若波浪的一头美发垂在肩头上，一缕缕拧成环状的大发卷，曲曲弯弯也掩蔽不了她那柔嫩、优美的脸庞，清晰性感的朱唇，笔直、雅致、纤细的鼻子，黑黑的柳叶眉，柔丝般的睫毛下面覆盖着一双深情的明眸。高高隆起的饱满胸脯显得青春荡漾，急促的呼吸使她的双乳显得更加神秘，不由得使人产生种种遐想。

她的皮肤不是那样乳白色的明晰、滑润，但却具有一种柔嫩的光泽，给她面额上的红晕增添了一层青春的光亮。

我记得十分清楚的是她的眼睛，常常在记忆的海洋中细细回味那双大大的、毛茸茸的、杏核般圆圆的眼睛。在这双明眸的眼神里透露着让人难以忘怀的魅力，强烈的视觉感叫我感到迷离恍惚，可却深深地摄住我的魂魄。

这双眼睛晶莹透亮，宛如一潭清澈、深沉的湖水，它虽明亮、但是却不刺眼，也不咄咄逼人，而是像宝石的光辉那样灿烂柔和。尽管她姿容艳丽，美貌绝伦，可吸引我的不仅仅是外在形象的美，她的风度和神态中有一种摄入魂魄的魅力。我难以用语言表达自己的印象，在她待人的态度中流露出一种率直，那么一种表明她具有自持力和勇气的率直。

她的举止高雅娴静，毫不咄咄逼人，可却能使人感到，这个犹如美丽的花朵一样无忧无虑的快乐女人，在逆境中能表现出非凡的意志和勇气。

和她在一起的日子里，我的心就像春天里太阳回来之后的积雪。它正在大量地融化，正在变软，那儿有水的声音，还有正在发芽抽枝的绿树。那儿有小鸟拍翅膀的声音，那儿有杜鹃唱歌的声音，那儿有小溪流水的欢唱，因为冬天已经消失了。可我的记忆还在慢慢发芽……

岁月的细节一点点地凝结在七彩的记忆中。时光，已不能牵扯我追春的脚步；欢笑，也已不再让我眷恋身后曾经的辉煌。脚下，生活的台阶仍在黑夜的雾中隐现。

照片中的小雨似奋力迈步走向顶端，那脚步声中所蕴含的只能意会却无法名状的意境诱惑我的脚步，于是，富有青春气息的行囊架在我依旧稚嫩的肩头，在回忆的脚步声中向前，向前。

十年前的一个夜晚，我突然接到了远在南方的小雨打来的电话，告诉我她将在周末要结婚了，惊愕中的我只是勉强大度地祝福着她，其实我此刻的脑海里只是空荡荡的一片，仿佛什么意识都没了，呆板地望着天空的星际在我眼前滑过，一点儿亮光也没留下。

记忆中，也一点点地嵌入了那些浸透了相爱的日子，善良的小雨常在那雨季为我伤感的心撑起一片蔚蓝的晴空，我们被彼此的缘分连在一起，彼此的照顾才使这片领域没有被淋湿，我的世界也便在这无声的脚步中被滋润得绮丽而又丰润。

天边，那一片粉色似乎有些惧怕黑暗，不知何时已跑得没了影踪，夜色，像一朵花儿，柔和地合拢起来。那逝去的日子像隔着烟雨的精彩壁画，终有些朦胧，在这秋的洗礼中逐渐褪色，习惯已久的市面风景已不再那么秀丽，可生命中曾走过的脚步却始终未曾改变。

发绿的嫩叶，被缓缓的春风撩动，过去已飘落地上的树叶仍不时地被轻轻地翻动着，仰首西望，夕阳已渐渐被云朵遮住，只留下一片娇嫩的粉红。

因为，人生需要这些风景来点缀，每种风景都需要我亲自领略，这才不枉男儿世间走一遭，不是吗？

住宅小区里一幢幢的楼被笼罩在这片粉色之中，增添了几分神秘，有些迷惘的我坐在空荡荡的室内卧室，翻阅着我和小雨这些年来的生活画卷，开始细数生命中曾经度过的一幕又一幕。

再次见到她的照片时，思念的火花依然没有熄灭，只是被时间磨得微弱了，当吹来一阵大风时，这阵火便又肆虐地燃烧起来，我又陷入到了一阵无法控制的回忆中。

当看到曾经的恋人时，思绪像时光抖音，泻在我的脑海里，微风送来阵阵清香，可我却默然无语，望着那张照片，目光呆板便是对这数年时间思念她的诠释了。

现在我才知道了，女孩子要矜持、含蓄，可是每次在面对小雨的时候，我总是会变得寡言，没有过多的话，喜欢沉浸于两人之间的沉默中。

机会不是天天都会降临在自己身上的，你昨天来了，说不定明天就会走，而在千千万万的人中，让我遇到了你，不想因为女孩子的矜持而失去一个机会，更不想让自己后悔，决定将心中的话对你说。

日夜思慕，徘徊在说与不说中，最后还是没有勇气把心中的话说出来，让你知道我的心意，如果是因为一些外在的因素，不能在一起，也不想让自己留下遗憾。至少自己可以为了爱而勇敢地说出心中的感受。

情侣之间最怕就是两人之间出现疏离感，这样会使感情日益变得平淡甚至会导致破碎。而还不是情侣的朋友如双方都表明心迹后，一方选择退出，那这种疏离感更会让人伤心，好比一朵花蕾，仅仅只是一朵花蕾，但突然遭遇到某种袭击后从树枝上落下来，让它连开花的机会都不给。这是多么的残忍啊！

但我心里依然整天都想着她，被思念侵袭，她的影子始终挥之不去。一种相思，无数闲愁，相思如豆，不禁低叹，此情无计可消除，才下眉头，却上心头。

爱是一种巧合，一场意外，一个相遇便让自己陷入这场无声的爱恋中，缘分的天空因你而快乐，而精彩。遇见你，一种氛围、一种默契、一种感觉、一种依恋、一种细节牵动着心底那根心弦，轻轻地被触动，一首优美的曲子便在心底荡漾开去。

可是谁能知道，爱人的语言藏在心中不敢说出来，害怕说出来便失去了这种美好的感觉。时隔不久我们再相见，小雨依然和以前一样，即使互相只是片言残语和沉默，但对我来说安静中似乎有一种相濡以沫的融洽，说不清楚具体的感受，也许是当局者迷，旁观者清吧，但知道与她在一起的时候与别人不同，心里会特别的安稳，害怕时间过得太快。

两颗心并不因为距离遥远而遥远，现代气息和现代发达的通讯使我们一点儿不亚于居住在一个城市中的人们的亲近。只是，当岁月的犁铧挨近了我的时候，忽然，我感到了时光老人开始向我们姗姗而来，过去的岁月，似一片落叶，已悄无声息地飘落在大地。

当遥望着浩瀚夜空的明月时，"在那短暂的时期，带着浓厚的情谊。无比格外地爱你，恋恋不舍地别你。"之句肃然从心底涌出，有一种难以诉说的感伤从心底蔓延开来。

曾在绵绵秋雨中，我凝视阴云密布的天空和厚重的雨帘，对她的思念像扯不断的银线，连接起对远在千里之外的情节的延续和祈念。

欢乐、团圆、幸福、美好、祝福的语言，在春节的温馨气息中蔓延，也在春节的快乐中跳跃，可是之后，节日走了，一切如故。昨天走了，去年不再；往事悠悠，心潮澎湃；春天的寒冷，总给我一种郁闷伤感。

元宵节前的那天，突然又接到小雨从外地打来的电话，"你还好吗？"我无言以答，久久的沉默之后，小雨加重了语气说，"振作起来吧！我们不都是视工作和事业如生命的人吗？何况除了友谊和友情之外,还有许多事情要做。比如生活,我们要为它去努力、去拼搏。朝夕相处是一种幸福,留在心里也是一种幸福。我和你的感情不同于世俗那种单纯和索取,我们的感情既有友人的因子,更有崇高的爱和情的凝聚,有互相理解琴瑟和鸣与高山流水般的知音之情,我们应该感谢命运的青睐！我感受到了,你呢？"哦,是的,深深一声叹息,我觉得她说得对,可是内心却又似乎缺少了什么；我无法放松自己也无言以对,只是在心里赞叹她比我丰富远见得多的思想。

有时候,女人的情感世界要比男人细腻得多,丰富而且多愁善感得多,甚至,凄惨的结局往往由于自己本身的多虑和太多忧郁造成。那时候,我的书案上缀文多日的工作正待继续,因为她的原因,使我暂时搁置下自己的工作而投身于其中。现在看到她,我觉得必须尽快完成工作才对,何况心绪纷乱了许多时间,现在也该静下来做做自己分内的事情了。

在思念中苦闷,我知道心里在想什么。我在期盼,期盼哪怕一句简单的话,只要能够鼓励我温暖我的几个字。像是一种无形的灵感的传递工具,忽然间就有了她的电话。一句多情的问候,让烦躁的心结释然许多。几句贴心的温暖话通过电话的传送即刻感化了我,于是那种淡淡忧愁的思绪忽然随风而去。

我们有着说不完的话,彼此心里都有那种特殊的锥心般的思念和绵绵的心怀。可是我们都知道只有在自己所追求的事业中得到回报,那也是一种补偿,一种对另一方的爱的馈赠。

元宵的夜晚，明月共照。千里寄相思虽然是一种侘傺的牵念，无根的情缘，但是人生有了这种知己，难道不是别种幸福吗？试想，假如没有这样的知己和可以捧心于对方的情谊，也许是一种缺憾也未可知呀！

　　人的意志有时候真是不堪一击啊！即使努力，即使伤心忧伤，即使克制自己，结果呢？哦，可以想象，我们泪眼相望，任由痛楚忧伤的泪水悄然而流。

　　时间仿佛在那一刻静止了，我不知道这一刻在我们两人之间占有了多少宝贵的时间，我所感受到的，是一种揪心般的伤痛和哀伤、惆怅，甚至唏嘘。

　　有什么办法能够取代此刻复杂心情的折磨呢？没有。有的只是无奈和心智的失控。我只是对视着照片，对视着心目中之所爱，感叹着造物主的不公。

　　放下手中的照片以后，我忽然感到心里空落了许多。失意、惆怅、无眠和思念搅和在一起。我们没有浪漫的花前月下的畅谈和男女之间的卿卿我我。可是即便如此，无意中向对方敞开心扉和情趣相投、生活婚姻与对某一件事情的看法处理竟然不约而同。于是我觉得自己这一生终于遇到了知音，他也如是。自然而然地，便有了一抹从心胸间喷薄而出的共同的欣赏和欣慰，甚至，不期而至的那种情感的东西也悄悄地漫入我们的心田。

　　情感是一种奇怪的甘露。我们忘记了空间和距离的遥远而相拥。然而，理智之手却分开了我们的冲动和热情……是的，我们有家。两个已经有了家庭的男女之情虽然浓烈而真挚，可是结果呢？结果一定不尽如人意。爱情，不只是形式，是肉体的快乐和幸福，还有精神之恋，乃至于由情人发展为知己的结果为什么不能在我们这儿发生呢？可是当时，我们彼此都有一种默契，一种通过对方的眼神、行为就能感知对方心思的灵犀。我想，我们大概属于后一种——由友谊发展到友情而后升华为异性至极的纯洁美丽的那种情感。

不知道从什么时候起，我对远方的他的情感又增加了一层。我知道这种情愫是蕴藏在心灵深处不愿向外人公开的一个秘密。那是对朋友——我的异性知己的一种思念之情，他是我事业和生活的支持者与人生所必备的进取心和主源泉。

过去了的岁月是难以捡回的。过去的最华丽、最激情、最撞击我心扉的情感却驻留在我的脑海里挥之不去。和她的相识相知是我这一生最引以为骄傲自豪和幸福的珍贵收藏，我对爱情有着美丽的幻想与憧憬，总喜欢把自己放在虚构的爱情世界里去体会那份纯真的感动，去编织一个个美丽的爱情童话！

我会把对你的思念深藏心间，努力地面对人生，面对生活。我想，这也许也是你所希望的吧，因为你一直就希望我能过得幸福，不是吗？别为我担心了，我会好好的，因为你曾经对我说过要我学会坚强，我答应你，我一定会好好的。可是你一定要等我，不要喝那孟婆的汤，不要忘记我们的约定，你也答应了我。

思念是一杯陈酿的酒，浓浓的，浓得我们只能珍藏而不敢轻易品味。轻易的品味只能让我们堕入思念的痛难以自拔。而一味的执着其实到头来也会让我们失去更多，错过了，就再也回不来了。

我在沉落，沉落是命运留给水的寓言。如果我不想沉落，在黑暗降临之前停止行走，我宁愿在阳光下永远行走，也不需要掩饰什么。

　　无情的年轮，让岁月在我们的额角上刻上苍茫，正沿着一条条皱纹走向死亡的永恒。我想在昏愚之前非常明白地告诉太阳，在燃烧中消失是一滴水的最高境界。那就让我的快乐和忧伤蜷缩在你火热的胸膛，蜡烛般燃烧，直到你和我的心跳凝固成大理石上镌刻的碑文，留给世界热烈的祭奠。水，不是月亮的前世，但太阳就是水的今生，让轰轰烈烈的痛苦和欢乐在流浪中行走。

小雨

摊开腊月的书卷，白雪飘舞如梦。如烟似雾的诗意让城市的洁白多了一份安然与随意。时光，自由流淌，冷风，自由飞翔。

那夜我做了个梦，梦里天空中细雨袅袅一直下到黄昏，凉凉的风轻柔地拂过脸颊，带着湿润的水汽缓缓飞远。远处，一株铁树上的叶子，像人的心事般飘飘摇摇地落了去。人来人往的大街上，它让我又梦到了你，想起了往日的小雨。

于是，你的样子像春江花月夜画卷里的牡丹，一一展开，似乎多了些许平仄的词句。仿若多年前文豪丢下笔时，不经意间，在你雪白的脸庞上落过重重的一笔。

眼睛里的温柔开始流淌向心的方向，这世界仿佛瞬间多了一份温暖，不觉中点燃了我心里的思念。

不知此时，你是否像我一样行走在同一个城市的路上，看陌生却又熟悉的风景，没有惊没有喜，眼前一切宛若一场戏，而我们只是静静的看客，任万物随风起落。

不知此时，你是否也一样想起了我，想起我曾经说过的一些话，一些关于前世今生的话，还有那些带着凄凉的故事，是否也氤氲开来，宛若前世的相见，飘摇如梦。

前世，前世你我会是什么样子呢？人真的有前世吗？看着细雨纷飞的城市，神思不由得恍惚起来。耳边依稀有流水的声音漫过，于是，心渐渐淹没了进去……举目远望你修长的身材显得端庄大方，天庭饱满、虽不大的眼睛却折射出一股拘谨表情。眼前散落的刘海儿掩饰着一种自负的感觉，耐人寻味。笔直的鼻子微微上翘显得从来不需要崇拜者，性感的嘴唇表露出精打细算，并以此来炫耀自己的聪明和智慧。

在我的潜意识里你仿佛披着长发，沐着朝阳，摇着船向黄河的上游驶去。水声像细碎的词，在玉盘里滚动。和着风声唱着诗经里的句子，在高低不一的摇晃里，岸在船的行驶里行驶，水在船的前进里行走。

河面上袅袅的水汽，带着淡淡的腥，让我想起那些游鱼。它们是我最好的朋友，我向它们说过心事，也向它们说过尘世里纷纷扰扰的事。我不知道它们能否明白我说的是什么，看着它们悠然地来去，常常会感叹自己漂泊的日子。

有人说一切都是命。我问自己，我的命就在这飘摇的船上吗？难道我注定一生漂泊吗？看着水痕深浅不一，心也潮湿起来。

忽然，从远方传来轻快的歌声，像朝霞一下燃烧尽水的朦胧，你一边摇桨一边歌唱。长长的黑发像瀑布一样流泻在纤细的背上，清亮的嗓音穿越过空间抵达我的心房。我静静地看你那身洁白的纱衣，感觉你像是天上的云朵一样自由飘扬。在洁白的纱衣里流淌，情在流水里缓缓释放。

歌声停了下来，也惊醒了做梦的我。于是，我看见了一双明亮的眼睛，纯净得纤尘不染，动人心魄。

我看着你，你看着我。肤如凝脂笑若花，于是，我跌进了眼前的美好里意境中。往日的回想历历展现在眼前……你的声音里我感到有种迷人的东西，那便是热情和温柔。

"嘻！"你扑哧一笑，我脑海里整个空间一下豁然明亮了许多，阳光在你身后结了一个愿，在那个感情的世界里显得圣洁万方。

歌声再起！"君从水上来，妾等岸归去，水痕袅若梦，岸止魂似风，心已乘风去，几生复相逢？"你笑着看我，那眼睛里的温柔流进我的眼睛，站在船头，我不由得仰天长啸，何日与你再相见。幡然梦醒，我仿佛刚才在哭泣。

当黄昏薄薄的暮色逼近我的窗台，天空明镜似的高举。云隙里清澈的眼神宛若慈穆的母亲，凌空，盘旋，凝视，逼向我深处。风在呓语，风铃如波光般摇曳，风里的铃声在耳边愈渐地清脆起来。几片云朵浮过，忽远忽近淡出视线之外。

我的世界，远处的街边一片雪花轻轻地坠落在潮湿的土上。安静中轻轻一点儿的颤动，在灵魂的一隅。只有那么一点点轻微，如嫉妒的感觉，似一只蜗牛爬过芳草萋萋的天边，夕阳西下，拉下一条淡淡的银色的痕迹。冷清的斜阳外，屋脊的沉雪微开启翅鞘，冬风如剑，劲风如刀。人在天涯。

很多次我想让自己丢了这样的黄昏。或者，在这样的黄昏里丢失了我自己。黄昏朦胧的透明里，远处有条小路在连绵伸展，不断地伸展，一直伸进无边的西固城，伸进波涛起伏的绿色海面，那条掩映在深处的无尽头的小路上。

我曾经赤脚飞奔。在一棵小树下做过停歇。伸出手摘过树上酸涩的小果。又或者捕过一只停在豆叶上打盹儿的蜻蜓。我捉住蜻蜓的翅膀，扑的一声，又随手把这仓皇的风的精灵丢在蓝色的风里。我还掐过谁家开出来的小花瓣。我还曾在清清的黄河边上搅乱一汪碧绿软软的水，沧浪之水洗洗我那绊不住的脚丫。也曾吓唬过河面的野荷上浮着的一只藐视人间的小青蛙。

清风徐来的黄昏，在云淡风轻水波不兴间让人眩晕。我的文字忽然间腾起了一些薄薄的雾气，缥缈中苦涩又变得惆怅。城市的上空盘亘一片空灵、一片喧嚣和迷惘。思路在不费吹灰之力的波乱里中断，如同一口沉重的磨盘压来。

一直用来伪装的面孔还有骄傲的伪装弹指间便被卸下。一瞬间所有的文字得到一阵冰肌玉骨的清凉，天与地之间弥散开，幽黑的泥土淳浓的香味，像土地里厚实的庄稼，直白，不做作，不卑不亢，仰望太阳。久远久远的场景，被迎面而来的风拨弄起来，有如古筝般响起淙淙如泉之音，悠扬悠远，四面回荡。慈母的手，手中的线，灰色的发丝，烟雨村庄里点点微弱的烛光，那如云般清朗的眼神，盘旋，那眼中闪烁着爱怜，有关爱，有企盼，有泪花。那眼神在天空凝视，远远地闪现。

远处传来一个你的呼喊，声音在郊区的旷野里回荡，像唤归的杜鹃，带着些许隐约的诡异，让我的心荡了荡，没有所指，真实无比。

破碎的风里，一张飘荡的白纸带着一声喘息轻轻落在铁轨上，纸上的黑点触及在我的视线里，被车轨碾碎。有一刻我努力拼凑了好多不许回头的理由。又或者，风起了，没有任何借口，不许回头。

时光，自由流淌，清风，自由飞翔。离开，好像谁都无法阻挡。只是又回头了，还是忍不住，原本不该的。那一回头，我看见了，你站在商场的人群里，像尊美丽俊俏的雕像。无声的千言万语被我听到，无声的呐喊被我听到。

记得你曾说过的"快乐要有悲伤作陪，雨过应该就有天晴。如果雨后还是雨，如果忧伤之后还是忧伤。请让我们从容面对这离别之后的离别。微笑地去寻找一个不可能出现的你！友谊只在书信间，比较纯！"

如果说时间是一条河流，而我们是河上等待今生的船，那么在前世与今生的纠缠里，那一竿撑开的涟漪，是不是像我们的故事，水痕奔赴遥远，而我们已经在里面学会一些东西，一如安然等待、一如平静找寻、一如从容面对命运。

从此以后的时光，每当天空小雨淅淅沥沥，我冥空的脑海里总是会带上你的记忆四处回荡，胡乱飘扬。在那深远幽黑的记忆里与我的心对峙。天空愈干净，好似愈折磨我。我心灵中永不寂寞的爱人小雨，我依然祈祷你幸福无比！

趣味

诗是蝴蝶的翩跹，蜻蜓点水，布谷鸟的催耕、杜鹃的啼血、是昙花的一现；诗是春天的花朵、诗是夏天的流水、诗是秋天的月亮、诗是冬天的太阳。不是持久更不是实用的花篮。

诗是人类赞美的歌喉；诗是人类痛斥丑恶的利剑；诗是宇宙山河、大川、森林、原野；诗是琴、棋、书、画；诗是谷、麦、棉、麻；诗是人类的过去、现在、未来。

诗能悦目，也更刺眼；能醉意人，也能使人醒悟；能致病，也能治病；能让人如痴如风，也能使人如履荆棘；能使人名垂千古，也能使思想……

诗歌中的趣味：是我国美学的特殊术语，也是世界东方文明古国美学的一大特色。趣味意在，有趣才有味，有味更有趣。

其实，"趣"与"味"是我国古典美学的两个"术"语，就"趣"而言，是属于人们创造和欣赏文艺美的审美意识。就对象而言，是文艺作品能够激起人们美感的审美特性。文艺作品中的趣，是作家、艺术家按照自己主观的审美情趣、艺术情趣，将社会现实生活的体验和感悟加以提炼，熔铸而成的意旨。

趣是"天下之至妙者"，趣不仅是文艺作品的审美属性，也是鉴赏者的审美标准和需求。

就"味"而言，味，本是指人的味觉器官的感受。

此处被借用来表示文艺作品的审美内蕴，欣赏者的美感特征和心理感觉，即对文艺作品形象或境界体会玩味的欣赏过程。

趣与味融合一起，便成为趣味美。就我国诗歌的趣味美，大致包括童趣美、天趣美、情趣美、风趣美、俚趣美、谐趣美、奇趣美、怪诞美、理趣美，等等。

童趣美：牧童骑黄牛，歌声振林樾。意欲捕鸣蝉，忽然闭口立。——袁枚

天趣美：昼出耕田夜绩麻，村庄儿女各当家。童孙未解供耕织，也傍桑阴学种瓜。——范成大

情趣美：慈母手中线，游子身上衣。临行密密缝，意恐迟迟归。谁言寸草心，报得三春晖。——孟郊

风趣美：人皆养子望聪明，我被聪明误一生。惟愿孩儿愚且鲁，无灾无难到公卿。——苏轼

俚趣美：十八女儿九岁郎，晚上抱郎上牙床。不是公婆双双在，你做儿来我做娘。——无名氏

谐趣美：一帆一桨一渔舟，一个渔翁一钓钩；一俯一仰一场笑，一江明月一江秋。——陈沆

奇趣美：朝来处处白毡铺，楼阁山川尽一如。总是烂银并白玉，不知奇货有谁居。——苏轼

怪诞美：上邪！我欲与君相知，长命无绝衰！山无陵，江水为竭，冬雷震震，夏雨雪，天地合，乃敢与君绝！——汉乐府民歌

理趣美：已外浮名更外身，区区雷电若为神。山头只作婴儿看，无限人间失箸人。——苏轼

一滴微笑的雨水，也能包容一切，净化一切。在雨滴

中闪现的世界，比我们赖以生存的世界、更纯、更优美。

诗人王维的"行到水穷处，坐看云起时"是好诗，它让人感到宇宙无垠而人生有限，沉浸在幽远、静穆、和平、恬淡、怡然、肃然的氛围中。看到诗歌创作的目的，乃在于让生存面对诗歌发抖！乃是那些使人们真正感到人生渺小的艺术！

问问

　　独自一人坐在电脑前，轻点着鼠标。忽然想起了一首诗句："花间一壶酒、独酌无相亲。举杯邀明月、对影成三人。月既不解饮，影徒随我身。暂伴月将影，行乐须及春。我歌月徘徊，我舞影零乱。醒时同交欢，醉后各分散。永结无情游，相期邈云汉。"

　　在我们的生命中何尝没有过客呢！儿时的伙伴，曾经的知己，随着时间的洗礼，到如今也都退出生命中曾经很重要的舞台，慢慢地变淡，我知道他们也会沉淀在岁月的长河中，成为一种或浓或淡的追忆。

　　如今的生活越来越现实，人也越来越实际了，在这人生不如意十有八九的红尘世间，人们都需要朋友，需要知己，有时不能和家里人和同事说的话，可以和陌生人说，这样，虚拟的网络便为大家提供了这样一种便利，慢慢地有可能成为知己。他们自觉不自觉地成了生命中一种别致的风景。

　　在这复杂的社会中，在这无奈的人生当中，有种情感只能用心去感受，这种情感只能用心去珍惜。网络虽浅，但网缘很深。人生就像一列疾驶的快车，机遇和缘分会让许多素昧平生的乘客在旅途中相识、相知、相交，乃至相爱。而不要苛求什么结果。

　　当执着是一种重负或一种伤害时，那么就勇敢地放弃吧，随缘就是美，尽管昨日的幸福已成为一种痕迹，只要我们享受了其中的过程，留给自己一段美好的回忆就已经足够了。我愿当你忠实的倾听者，当你遇到不顺心的事情时，让你把积郁在心中的烦恼随着语言释放出来，让你在倾吐之后身心舒畅。当你悲伤难过时，我会聆听你对人生失意发泄的不满，但更不会给你任何的压力，只做你情感世界圈外的同情者、永远的朋友。

一个真正的男人可以忍辱含垢但决不苟且偷生，如勾践卧薪尝胆，如韩信膝屈胯下。因为他知道，一个真正的男人，应该拥有比大海更为广阔，比蓝天更为高远的胸怀。真正的男人，即使落魄潦倒，他也不会失去豁达乐观的人生理想。他可以默默无闻，但他不能碌碌无为。真正的男人，即使他流落街头，浪迹天涯，也永远坚守着心灵深处的一块净土。愿我的一份情意，我的一片深情，我的一份牵挂，化作一片相思情吧。

如果把我属于精神的那一部分交给你，包括我的喜怒哀乐，希望你也一样，因为只有这样，我们才能使彼此快乐。

让我用一种思念的心情去深深思念网络中的你。相知是缘，相识也是缘。所以我要说的是：这网络里的情缘啊，能走多远就多远，不要去强求，不要去勉强，更不要去追求什么结果。

我始终认为，纯洁美好的朋友，使人善良如初，使人精神百倍，容光焕发，特别是有一个人在心里捂着，总感到暖暖的，因为这种关心绝不是感情上的消遣，而是精神上的鼓励，更是一种深深的理解和接受，给我们短暂的匆匆人生增添了精彩的诗篇。这大概就是：有缘相识，无缘相聚。就让我们只做点缀彼此生活的星星吧，虽然平凡，但灿烂而长久，也许我们都不是对方天空中最亮的那颗星星，但是，我们会守着一份永恒，给对方夜夜清辉，并穿过生活的喧嚣，走近彼此的心灵，用一种彼此都能会意的语言进行心灵的长谈与交流。

所有过往，不经意间已被我的水墨染香。我知道，万物也会循着春意走在花开的路上。人在旅途，草木深深，岁月的河激流暗涌。一些风干的字迹，在时光里破茧成蝶，翩飞在昨日的枝头。一些经年的画卷，如大千世界的一场场烟雨，晴了又阴，干了又湿，隐匿着当初的情怀。一些含露的呓语，在淡淡的墨香里酣睡，如此安稳，如此静谧。

豁达的胸襟

一个人的胸襟是否博大，气度是否恢宏，与学问大小并没有什么直接关系。有的人书念得很多，气量却很小。有的人胸无点墨，却开朗豁达。遇事处理得非常洒脱，又能一言九鼎。对人既宽厚，又能善侍。

人在生命的运程中总有两条直线，会在偶然间交错，谁也无法预料，这是永恒的缘分？还是刹那间的相逢？但多么希望有缘成为永恒的朋友！因为友爱的故事里没有悬念，更没有感伤，也不惧怕命运的无常。只要有个宽厚的胸襟即可。

人生其实是很短暂的，短暂得你不得不珍惜每一个平常的日子，一晃数年，心却偶尔也会苦涩得像一个青苹果。人们常说："生命的外壳越坚硬，它的核仁越脆弱。生命的动态越活跃，它的静态越寂寞。"也许是这样的吧，当心静下来的时候，那些半麻木的思想和感情，有时犹如脱出樊笼的猛兽，在脑海里奔驰，以至于常常在一些看上去阳光灿烂的日子里，突然觉得心无所系，整个人感觉无聊而心胸忧郁。

所以，胸襟豪迈的人，像岳飞的《满江红》词中所写到"抬眼望，仰天长啸，壮怀激烈"，就是这样一种气概。李白诗中说"君不见，黄河之水天上来，奔流到海不复回"；陈子昂的"前不见古人，后不见来者，念天地悠悠，独怆然而涕下"；张若虚的"春江潮水连海平，海上明月共潮生，滟滟随波千万里，何处春江无月明"；苏东坡的"大江东去，浪淘尽，千古风流人物"；朱敦儒的"飘萧我是孤飞雁，不共红尘结怨"；辛弃疾的"神甚放，形则眠，鸿鹄一再高举，天地睹方圆"。都是描写襟怀与不甘寂寞的写照。

如果把属于精神的那一部分交给你，包括我的喜怒哀乐，希望你也一样，因为只有这样，我们才能使彼此快乐。

寂寞是一种灵魂上的孤独感，我们不但在"夜静酒阑人散后"的情景下感到空虚和寂寞，不但在，"半生飘零无人解"的景况中感到寂寞，我们也同样可能在灯红酒绿繁华的热闹场合感到寂寞，而且越是才智超群，感情率直的人越觉得寂寞。

如果你不甘寂寞，那就必须迁就社会的现行流俗，否则，你只好唱唱滥调陈腔。乐圣贝多芬一生寂寞孤独，可是他却说："当我最孤独的时候，也就是我最不孤独的时候。"因为他只有在寂寞孤独之中，才去把情怀寄托在领略大自然的美妙上，才更有机会和时间去整理他那不平凡的思想和灵感。他的音乐绝不是繁华热闹中的产物。

许多有名的诗句也得力于作家当时心情上的寂寞。常常被书本上引用的"枯藤老树昏鸦，小桥流水人家，古道西风瘦马，夕阳西下，断肠人在天涯"，如果当时作者没有深切的寂寞和孤独感，绝对写不出这样久传不绝的佳句；又如张若虚"春江花月夜"中的"江天一色无纤尘，皎皎空中孤月轮，江畔何人初见月，江月何年初照人"也深深刻画出作者当时那前不见古人，后不见来者的寂寞之情；又如"千山鸟飞绝，万径人踪灭，孤舟蓑笠翁，独钓寒江雪"

一诗中我们清醒地看到，在隐逸中，又是何等的悲凉寂寞。

每一个人都有在灵魂上痛感寂寞的时候，我们时常会感到满腹辛酸、苦闷，却觉得在亲人、朋友之中，竟无一人可与之一吐积郁为快。但如你够豁达，你就应该了悟，人与人之间只能在笑语喧腾的时候，显得亲热，或者一方可以施舍善意，博得慷慨之名的时候，显得仁慈，舍此之外，没有谁真正会分担你心灵上的孤独和寂寞。

因此，在人生漫长而孤独的人生道路上，只有勇敢坚强地承担起这与生俱来的寂寞，用自己的力量发出光和热，冀望这点光和热也可以成为漆黑空中闪烁的一二星点，在漫漫无际的永恒中发出一点儿光辉而已。

西哲说："世界上最强的人，也就是最孤独的人。只有最伟大的人，才能在孤独寂寞中完成他的使命。"如果想要成为强者，即不可避免寂寞，而唯有坚强，能面对寂寞的人，才有力量使他的天赋才华不致被寂寞孤独所吞噬，反而因磨炼而生热发光。如能在寂寞和孤独中完成使命的人，即是完人。

九寨沟之美

艳阳寻游九寨沟，已过春夏迎初秋。抬首翘望那片天，不问眼前小河流。

周六，相邀友人搭车前往旅游胜地九寨沟。跨过都江堰，沿着蜿蜒的岷江逆流而上。一路，到处看到青山、秀水忽急忽缓、忽深忽浅、忽宽忽窄，穿梭在青山峻岭的身边。水流声似那音符，时而高昂地歌唱，转眼又轻轻地低吟。

青山连着青山转，一边悬崖，令人胆寒；一边峭壁，令人目眩。山中茂密的树丛曲折处，令你方向不辨；狭窄处，你斜身缩背忐忑惊恐，身体失重飘飘然，险境丛生。

九寨沟，地处海拔3150米的高寒地带。呈"丫"形分布，主要有则察沟、日则沟、诺日朗主沟。三条主沟最为著名，每条沟都有十七公里之长短。

当我们来到则察沟口时，被这自然的美景所陶醉，看着那蔚蓝的天、皑皑雪峰、蔽贤绿林、碧海深处的游鱼、飞流直下的瀑布，还有弯曲的溪流和潺潺流水。这是一个超凡脱俗的自然世界，是没有人工雕饰的人间天堂！

大自然真是美妙而不可言。四季，它像一个过往的云烟，不断变幻者，把一茬绿色的枫叶变红又变黄，又忽忽悠悠把一池清澈的湖水变绿变成湛蓝。

远眺雪山，犹如白发神仙，晴天万里，云影飘忽。时见山腰一缕浓雾似烟，似为神仙生火煮酒。又似仙人巡山赏景，好一幅仙境让人心潮翻飞，血液回流。

绿荫覆盖的大山脚下，数百粒珍珠玛瑙般的海子镶嵌其中。海子者，实为湖泊。因为当地人难见大海，但知大海无边，而将湖泊视为大海之子。传说美丽的女神色莫临镜梳妆时，不慎将宝镜坠落凡尘，宝镜跌碎化作108个海子。

　　则察沟最远端的长海是九寨面积最大的海子。其水源万世不竭，被称为是九寨沟"装不满，漏不尽"的宝葫芦。

　　被世人称赞的"好一派美丽的高原湖泊风光"，到处可见山与水连，碧水连天，雾霭沉沉，使人如在梦中。传说长海时有怪物出没，海边有一树名"独臂老人柏"，其右臂虬枝缠绕，作缚妖状，日夜守护着长海的宁静。

　　沿栈道下行不远处，有"五彩池"：只见它在群山环抱，绿树掩映之中，池中晶莹透彻之水，闪烁着五彩缤纷的光芒。像玉石、似琥珀、像水晶、似琉璃，各种颜色镶嵌其中。红黄青绿蓝白紫黛，色色俱全。

　　红有大红、紫红、朱砂、胭脂、夕阳，如日初升；绿又有深浅浓淡，如涉竹林；蓝有藏蓝、浅蓝、青蓝，如晴空万里。

　　这一锦缎，非仙女不能织就，真想不到水亦如花，然其明亮，流动之韵味为花所不及。如与长海相比：长海是英俊潇洒的宝玉，那五彩池就是花容月貌的黛玉；如果说长海是高贵的王子，那么五彩池就是娇艳的公主。

　　沿着盘山路上蜿蜒而行，路旁是上下季节海：山峰绕雾，林间流水。黄红耀眼，蓝绿清心。万紫千红，目不暇接。

　　这是世人憧憬的最佳境界与天堂：它是如此超凡脱俗，是极美的神话世界；它能净化人的心灵向善，更能使之升华，真是人间仙境！置人于欣欣然、恍恍然、飘飘然，如醉如痴。

日则沟的最远端为原始森林：这数万顷林中有两万余种植物。待致深秋叶染多色，看似琳琅满目的珊瑚树近在眼前。那需数人合抱的参天大树，枝叶浓密，遮天蔽日，但从缝隙间透入的光线又是明亮刺眼。特别是那数以亿万计的冷杉，傲然屹立，似剑似塔，欲刺天，欲吻日，个个奋力向上，伟岸挺拔。

山下有些滑坡地方，也有倒于林中横亘之木，而那树的根却紧紧抓住巨石，仍不顾一切牵拉向上；那长在峰顶的大树，唯恐其他树干超过自己，毫不懈怠地争向天际。

当双脚踏入林间那铺满荫深的苔藓上时，会有深陷其中之感。再看朽木上厚厚绿苔片片如毛，它已睡在林中不知度过了多少春夏秋冬。

林间阴冷潮湿，积雪片片，但那些小松鼠仍跳跃其间，小巧可爱，玩性十足，上高爬地，快乐林间。一旁朽木枝干生有野蘑、灵芝、木耳、菌菇、绿藓斑之属。使人在林中备感浩渺幽远蛮荒之幻，不知自己何时来到这世外桃源。这是极静之所在，静得令人生畏。静得使人联想翩翩。

继续缓缓下行，右面可见一水池中长满萋萋芳草，是为芳草海。对面独卧一山，行云环抱，一道瀑布飘飘洒洒，悬流百丈，这是剑岩和悬泉。

游览剑岩和悬泉后到达天鹅海、箭竹海、漫步到了熊猫海：该海因大熊猫经常来此，觅食饮水玩耍，且海底呈黑白相间之色，酷似熊猫，因而得名。此海清澈，湛蓝而碧净，一目见底。海中的鱼，鳞极细小，看似若无，名高山裸鱼，为九寨沟所独有。

这裸鱼不着衣裙却比那画中美人鱼更逍遥自在，倏而远游，倏而轻快地一跃。似欢声笑语，洋溢天堂。岸上开放鲜花，绿树、挺拔的山貌以及蓝天白云倒映其中的景观，显得更加美伦艳丽无比。

纷纷红紫已成尘，仙境声中犹令新，夹路溪流行不尽，始知身是自由人。轻声吟诗之间忽见眼前湛蓝晶莹，哦，原来是美妙的五花海。它竟显得如此的美妙，如此的神秘，仔细看地下河的出口呈深黑，如放眼远望又见绿意。水深度数十米。海底之石看似很浅，实则莫测。水底那横躺竖卧的树干树杈，像战死的英雄水葬在此。它不腐不败，清澈如昔，大有"是七尺男儿生能舍己，做千秋雄鬼死不还家"的气概。

再看岸边，枯木露出水面的一段又生出新枝。似千年轮回，数年后，又是一棵参天大树！

湖中盛开的各种花朵，呈现出斑斓绚丽之色：风乍起将水吹皱，映在水面的青山彩云随波涌动起来，那是飞天仙女的彩霞衣裙为壮士而舞。那是野人居住的深处异穴，更显得如此殖景神秘、宏伟壮观，又表现得如此哀婉。

当来到宽达 320 米的珍珠滩瀑布时。人还未到耳已闻轰鸣之啸。稍近，四处无声，涛声覆盖。待见无数条白龙似飞烟，闪闪耀眼，定睛再瞧，如瀑布一般，飞流直下迷雾一片，不觉惊呼，仿佛身处亚马孙瀑布中间。

七月里的雨，总是细细润润的，如丝滑的绸缎，柔软地在温和的春风里舒展。雨中的气息，也是凉凉润润，虽还是让人感到冰凉，但也绝没有凛冽、刺骨的感觉。低头俯视，便发现，那满地新鲜吐露的新绿里，密密地开满蓝宝石般的野花，大片大片地铺散开来，真像巧手织就的翠蓝的地毯，细腻得让人想躺下去，感受那精致柔软的触觉。

　　感谢大自然流光十色，还有那 108 个晶莹剔透的海子。洗涮大地多余的广漠、荒凉。让攀爬在文字路上的旅行者，在温暖的阳光下，"晒"出风格迥异的文章。这如烟的柳色，那带露的叶子，枫叶的红妆，海子的晶莹剔透。而我，也一直在尝试用笔墨把散落枝头的余香，盈袖拥怀浅藏。带着内心无数的渴望，跟随文字一起遨游远方。我刻意地将那一个个醒目的生活段落，镶嵌在文字里。而且非常期望，我心灵的花园时刻布满馨香，那室外田园的九寨沟已凌乱于我的心间。

蝉声

　　昨天，仿佛走进自然的雨声，蝉声凄切之中，世界进入了秋季。那一株株白、黄、红、墨、紫菊都开了。就像那一团洁白的云层飘向天边，像黄色彩绘的流云悬挂在蔚蓝的天，像红色的枫叶燃烧着一团火焰，像墨绿铺满了大山河川，更像紫昙精巧栽培的花园。

　　每当夕阳西下的黄昏映入我的眼帘，一种沁人心肺的心经，忏悔的心结涌入我的思维。这些微妙的情愫，虽然恍惚迷离，却也十分清晰地荡漾起层层波纹，向火烧云彩慢慢飘去。

　　凝视许久，当目光消失在浩瀚的大海和广阔的天宇之中时，可以尽情地饱尝宁静，欣赏蓝天不可比拟的贞洁和宏伟高大的胸怀会赏赐你无与伦比的乐趣！

　　天边泛起一团黑云，渺小而又孤单，如同我此刻的人生小白帆，随着滚滚的黄沙，消失在天的尽边。还有我心爱的酸、甜、苦、辣、咸，五味俱全。孤独、宁静的刹那间，我的梦幻紧紧相连，自我消失在思想、音乐、如画般的空间，没有诡辩、没有逻辑、没有推理、没有情欲、没有苦恼和痛楚，只有羡慕自由飘舞的朵朵白云依偎在天的身边。如诗如画妙不可言。

　　然而，我的思想不知是出于大脑，还是被宇宙奇妙的闪耀刺激变得十分强烈了，快感中的毅力给人一种有教益的国色天香。神情紧张仿佛黑暗中发出一阵阵刺耳而痛楚的声响，仔细看时原来是我的诗歌在轻轻作响。

我一直认为，写一些身边的温馨小事，记下一些平凡人物身上的闪光点，意义同样深远。因为我们要生活在一个有爱的世界里，倘若人性薄凉到连那些曾经给过我们感动和帮助的人都可以忘记，那么人生还有何意义。

我愿意在岁月的洪流里，手执一支素笔，记下一路悲喜，让文字永久地存活于我的生命里，记住温暖，记住爱，用真情谱写一曲人间的天籁。

坐在烟雨迷蒙的窗前，轻轻地翻开一本书，置于膝上，让清灵浅舞的文字润泽我寂静安然的心。抬眼向窗外望去，春色在雨色朦胧间，幻化成最温柔的美景，繁花盛开，如水般清丽。让我的思绪在花间徜徉。

此时，幻想着应有一位女子，悄然地站在桃花树前，点点眼眸像闪亮的星光，似花瓣般鲜嫩的唇微抿着，静静地陷入沉思。突然间，脸颊深红，仿若盛开的桃花朵朵，泛起娇美的羞意。俏丽的脸颊露出甜蜜的笑容，小小的酒窝儿仿佛漾满了醇香的美酒。也许，只有在春雨绵绵里，才会生出如此繁多的思绪。

只有在春天里，才能在抬眼间，望见树杈上初生的嫩叶，那雅致的叶脉里读出新生的味道，读懂岁月的温柔。寂静的回忆里，是否有一个身影，在不经意的回眸间，痴痴地期盼了一生的爱恋。那如清澈溪水般的爱恋，就是如此浓烈地化成春雨中俏丽娇艳的桃花朵朵，娇羞地等待爱人的来临。

于是，在如丝如绸的春雨里，便悄然走进了自己的回忆，让回忆像一团剪不断的青丝，纷繁地缠绕在心间，似有一些牵挂，似有一丝无奈，如生命中的点点浮花，在心间摇曳生花。在寂静里，想起一句话：掬一捧安恬，任思绪飞花！

流年岁月中静好，荡涤心灵的阴霾，将那些错失的美丽风景，写成温婉的诗篇，镌刻在生命的长河中，从容走过。

一直都向往能够做一个理性的人，用最真最纯的心，采撷人世间的芬芳缕缕，弄花香满衣。此生愿沉浸在墨香里，优雅地老去。

琴音

　　曾在寂静的夜晚，倾听过江湖艺人弹奏的三弦琴声吗？那晚我在闪烁的霓虹灯下听到了。我虽不是生来情感脆弱的人，但听到那种近似哀鸣的乐调，心里止不住泪流涔涔。

　　我不知什么原因何在？当听到那种山西调"走西口"心潮翻翻回肠九转。正如音乐家所言："所有美妙的音乐，都使听者感到悲戚。"

　　他一个其貌不扬，瘦弱的身躯怀里紧抱着把退了皮的三弦子弹奏着，琴声忽高忽低，忽短忽长，一会儿近似鼓点弹得震响，一会儿忽忽悠悠流向远方。不一会儿又消失，传出沙哑的吼叫：哥哥你走西口，妹妹泪花流……

　　掏出 10 元钱扔到弹弦歌者的脚下，只见满地月亮，星星挂在树上，弹弦者似乎在无心弹拨，而我的心却被三条琴弦捆绑在上面。

　　听琴音一个高昂、一个低回、一个悠扬、一个情悲如人欷歔。仿佛有个伤者，对天哭诉人间所有苦闷和烦恼，一曲人生行路难，一段悲情撼九天，不由得使我见景生情，愁肠百结，回想世人不知眼泪为何而下。

　　面对寂静的夜晚，这近似文明的感情世界，我自悲哀？悲患难知己所悲哀？你知吗？我不知！只是此时此地痛感人们的苦痛烦恼罢了。

　　有言之悲不为悲，我在这痛楚的音乐之中感受到无数不可言状的苦恼，无数的流血，无数的眼泪。因而，使我听到哀伤不已。

夜深了，三弦琴像飘忽不定的魔影，使我仿佛听到有罪的孩子跪倒在母亲的膝下悲泣。仿佛感到热恋的情人在追寻令人沉迷的爱情。

正如托尔斯泰所说："他，同样是一个人，时而是恶棍，时而是天使；时而是智者，时而是白痴；时而是魁梧的大力士，时而是软弱的侏儒。"

抬头仰望，空中碧霞淡淡，白云团团。靠近月亮的银光迸射，离远的轻柔如棉。群星闪烁点缀着夜空，茫茫的月色映在我的身边。岸边浓密的树枝锁着月光，黑黝黝地连成一片。独有那园苑中的三弦琴音散发着它的曲味余香，飘向天空，扑向月亮。

追寻

　　他坚持不懈地寻找着。在他的一生中错过了多少美好的东西，他不明白，为什么在这明亮、温暖又充满着阳光的日子里，他的心灵却是这样的抑郁和不安。

　　他慢慢明白，为什么在心灵中总是悲伤代替不了欢乐。思绪的云层在慢慢升高。曾在他记忆中出现的她，又缓缓浮现在他的眼前……那漆黑发亮，宛如波浪的一头美发，额头上那一绺绺曲曲弯弯，垂在肩上的一缕缕拧成环状的发卷。线条优美的身材，笼罩着一层魔鬼般的色彩，雅致、纤细的鼻子，黑黑的柳叶眉，柔丝般的睫毛下面覆盖着一双诱人的明眸。那杏核般圆圆的眼睛，弥漫着难以理解但令人疏离恍惚的魅力，似晶莹剔透的月亮，又宛如一潭清澈、深沉的湖水，清白纯洁，凛然不可侵犯。

　　他相信，没有一个人像他一样盲目地、忘我地追逐她，对她永远忠贞不渝，因为什么都比不上爱情的伟大。日复日，月复月，或许只要她还活在世上，就会年复年地永远寻找下去。他决不会为此而感到丝毫的悔意。他祈祷天空，希望找回自己的新娘，走进那仙境般的山峦起伏的天堂，在它闪烁透明的光泽中融成一体。

　　精神世界是种奇怪的东西，一个人身陷情感的泥潭时，精神却在凌空翱翔。

　　梦境中我仿佛看到她病了，我默默走近了她的床前，我有着某种感觉，那是一双充满爱意的眼睛。当我慢慢靠近这双眼睛时，只见它悠然地一闪，流露出对我走近而愈加愈深的幸福感，放射出一种令人头晕目眩的幸福火花。

这一切，我永远不会从体温 36 度的正常人的感情中看到。她喃喃地说了些什么？她那苍白的脸庞，干枯的嘴唇，艰难地蠕动着，此刻，我什么也没听明白。我就像一个傻瓜似的站在那儿发呆，她伸出手，不言而喻，我立刻握住了她烧得滚烫的手。

这生活中是否还有什么人，曾经历过比这种情景更离奇，更夜游症的境地。我知道，这一切纯属昙花一现。

她喜欢的一首"世情薄、人情恶，雨送黄昏花易落。晓风干，泪痕残。欲笺心事，独语斜阑。难，难，难"。我怀着痛苦、不安的心情又翻开她送给我的几张照片，张张各有动人之处。可是看久了，她给人一种青春的印象，好比春天的花朵，然而岁月给她的销蚀又留下了风尘的浪迹。

从她那忧郁的眼神里看得出来，她是个坚强的女人。虽说长得不错，却不能说长得漂亮出众。如果他已深深地爱上某一个人，那么他会用自己诚挚的爱心，理智地去面对才行。

在她充满阳光和欢乐的生命之中，就像一只快乐、活泼的百灵鸟一样，它的自由飞翔只能引起那种潜在于心灵深处的一种无限的喜欢和好奇而已。

只要看见有充满阳光的天空，它将会更加自由地飞向天空的远方，留下银铃般的歌唱。让曾经有过的悲伤，就像流出身体的废血一样。

心灵上似乎受过深深的创伤。这从她那对含情却又直白的眼睛深处，从她内心所蕴藏和闪烁出来的光彩之中看得出来，她打开了未来的思维境界，她有自己的个性。 生活它使得好多的聪明人，被理智的巧妙、迷恋、迷惑到不知无处的逆境中，然而也会通过痛苦的方法，慢慢地、不露形迹地、悄悄地退避，使人看不出他已消失在茫茫的自然月色之中。

如果两个人相遇或萍水相逢，彼此都忘了自己，一心想着对方。那么生命之谜确实可以变得不那么难以理解，不那么令人绝望了。

转变

　　一弯新月，斜挂在无垠的天空上，发出柔和的彩色光辉。在薄薄的云朵后面，透露出银白色的月牙。此刻我仿佛躺在皎洁、光芒四射的月光床上，像被一只无形柔软的纤手轻轻摇晃着。这缠绵美丽的吊床，好像是天堂里的小天使用的银色摇篮，在白云缭绕的空中楼阁中轻轻荡漾。我摘下一朵粉红色的"月季花"放在唇边，用洁白的牙齿咬着花茎，含着微笑仿佛在聆听它柔情密语的情话，听着花絮的窃窃私语，突然我脑海里闪出几天前见到以前工厂的她，在我记忆里她以厂花自居，自然风光无限，性格是风风火火、敢说敢做、唯我独尊，一年不见竟然变得让人刮目相看。

　　她的微笑里充满了"秋意"，与以前现实生活中的她截然不同，显得那样纯朴、真实、多愁善感、还很平静、总把心里话悄悄藏匿。眼视前方的目光中充满阳光和欢乐的愉悦，那种自然的美，那种快乐和发自内心的满足感足以感觉到她是经过生活的磨炼，改变了多愁善感的性格。生活中每一个人，并不那么完美无缺，不要希望每个男人、女人像圣人一样完全舍己为人，不要这样想望。

　　如果你为人间冷酷而难过，那么你唯一能做的举动，就是由你自己发出光和热，使人间减少一分冷酷，增加一分温暖。多存几分原谅，少受一点儿失望和打击。

　　如果世间人人都停止无味地抱怨别人，而由自己本身的热量去发光，这世间也就明亮了。不要希望人世间的人一点儿也不虚伪，你只能希望人们在虚伪中不忘善意，并且愿意能在生活的波浪中诚恳，这也就够了。

不要对世上所有人失望，我们的生存环境就是这样。有优点也有缺点，有可爱的一面，也有令人失望的一面。能认同这些事实，才可以用宽容的态度来对待你所面临千奇百怪的人生生活。

生活如同皓月，有时总会有圆缺，相爱的人亦并非个个能终日厮守。那离情别绪，便是相思，便是千百年来酿成无数缠绵悱恻诗句的相思。使人心驰神往的感情，它还是一种奇妙的扰乱人心的情绪。这就是大地的教训，生命的呐喊。

爱情的奇迹，就在于人们能在单纯的本能和欲念的基础上，修筑起细微复杂的感情大厦。假如你真正地爱过一个人，不管以后是如何分手的，只要一个偶然的机遇，一件普通的物品都会使你产生一种幻觉，从而激起精神和心灵的波澜……

现实生活中，爱情并不总是能得到圆满的结局。一见钟情并不一定能白头偕老，互相倾慕更难保证永不各奔东西。可见种种自然的，社会的，自身的原因都可能导致爱的缘尽。

真正懂得爱情的人，即使在失去爱人后，仍然在回忆、像一个长途跋涉而又疲惫不堪的旅行者，忽然找到了一汪清水，兴奋地转动起取水的辘轳。蓦地，水面上浮现出熟悉的倩影，于是，记忆、幻觉、甜蜜、痛苦、希望、绝望如串串水泡升起……

自白

北京的夏季很长，很热。一场秋雨过后，闷热的空气终于得到了释放。喜欢这样不用空调，也可以凉风习习的夜。就这么坐在这一方小小的屏幕前，被黑夜紧紧裹着，倾听时光的流逝，彻底放松了的我，感到如此的自由，思绪也随之四处飞扬。

盯着屏幕太久了，眼睛酸痛，只能把视线移到窗外。看那已经黯淡下去的星光，却也仍能让我感慨万千。眼前，飘过一些人、一些事，想细细探究，可那刚刚很清晰的事物，忽又变成空白。脑海里似乎想了许多，却又什么也都没有留下。

不记得在哪里看到一句话，"孤独是思想者的自由国度"，很认同。只有此时，我奢侈地浪费着时间，我才更能感觉到时间、空间的存在，也只有此时，我在认真倾听内心的独白。我在享受着我的寂寞。

每天我除了正常的工作外，就这么固执地爱上了静夜，几次从喧闹的聚会中早早逃出，就为这一刻的宁静到来。我知道，热闹是不属于我的。我喜欢静谧。我只是想做一个寂静的女人。以前的我热情、奔放、事业心太强。可到头来我只是满身创伤，心冷得让人发慌，只能独自疗伤。所以，从那以后，常常感动于如水的月光，感动于晚风轻抚的柔情，带给我阵阵花香。

不是说人生如戏吗？以前无情的生活将我折磨得好

累，倦了，都是我的错，事业心太强，照顾对方不够周到，不是标准型的贤妻良母。这一切都是我的错，不想再辩解，只想退到一角，做一个寂静的观众。静谧，让人感到有些孤独，但只有在此时的冷寂中，才可以沉淀忧伤、浮躁、欲望，心也因此而澄澈。

我远离人群，远离朋友们，不是我无情，而是我多情。那些人、那些事，常常会在眼前闪过，我并不会让自己刻意去忘记，我允许自己悲哀、忧伤，毕竟曾经我是那样地开心过。但我更希望的是自己还有快乐起来的勇气，看过无数如今夜般的黑夜，我知道，眼前的漆黑不会是永久的黑暗，哪怕这黑夜是此般的浓稠，也一样有明天旭日东升的阳光。

我只想做一个寂静的女人，在踽踽独行的旅途中，静看岁月轮回，以从容淡定的心态面对生活中的酸甜苦辣。凡事顺其自然，不强求，不奢望。喧嚣的红尘中，能做这样一个寂静的女子，真好。不温不火，清清淡淡，远离纷争和爱恨情长，看花开花落，看云卷云舒，享静好岁月。

一个人的夜，我并不感到孤单，因为孤单早已被我葬在喧嚣里了。平淡、寂静是我现在最钟爱的生活方式。黑夜中，思绪在舞蹈，情感在狂奔，滔滔思绪流泻于笔端。我是狂躁的，因为内心的汹涌，但我更是寂静的，毕竟，此时窗外已是浓黑如墨，最后一盏夜灯也熄灭了。只有我，子夜时分，还独自手拿一块小石头随意玩动，在研读它的生命轨迹。能做这样一个安于寂静的人真好。

往事已经葬在流年的路上，那就让生命快乐地开始全新的旅程。也许放弃会有些心疼，春天远去的时候，心或许还在春日里徜徉与徘徊。坚强的转身并非就是决绝，那是生命的延伸，新生活的开始。没有昨天何来今日，又如何走向明天。指尖划过的岁月是如此的短暂，又何必让春花秋水伤了自己的情怀。一个季节是上一个季节的终点，也是下一个季节的起点，就让生命平淡地走过春夏秋冬。

脚印深深浅浅留在流年的路上，文字零零碎碎写在心路上，那就让这些零散的文字，成为一朵朵心花荡漾在心海，让快乐装点生命的旅程。孤寂的倩影，斑驳的古迹，凋零的红叶，光秃的树杈都是阳光般的诗情。一个人的旅途，虽然寂寞，却总能欣赏到独特的风景，总能踩出一条通向远方的路。

既然选择了远方就不要放弃，只要脚不停地走，总会有到达的时候。纵然路上有许多迷人的风景，但千万不要停下你前行的脚步，因为你的风景在远方。往事无论多么精彩，多么让人留恋，却总是随着念念如许的情结随风而逝。过往的时光，就是一卷写满往事的破损的旧书。而人生，犹如一幅淡妆浓抹总相宜的画卷。今日的远方，也许明天就会成为往日的旧景。生命就是在一次次确立远方的时候，实现人生阶梯的递增。人生这卷画，就这样被涂抹完成；人生这部书，就这样一点点丰富。

冬季是修炼的季节，是酝酿的季节，冷峻和凝重背后藏着春。晶莹的冰凌里，藏着多彩的世界。多少生命在白雪里历练，就为了一季的灿烂，一季的放歌。

我们憧憬远方，为了这一憧憬，我们总是努力地将脚向前迈进。远方的风景究竟是什么样景象，在生命里也只是一个蓝图。只有脚在一步步前行的时候，面对真实的世界，心一点点地勾勒成形。不要总把一处风景永远地镌刻在灵魂的深处，要知道岁月才是最好的画家。

诠释人生

我依着文字的馨香，在尘世烟火的升腾中，感悟生活带给我们点点滴滴的美好，轻拥一片属于自己的时光，尽享生命的清雅和恬淡。一个人的时光，就是一行流动俊美的诗，你可以坐拥一杯茶的安暖，可以将一切恩怨锁在旧时密封的盒子里，可以将一切美好的画面尘封在记忆的画册里。就像青春，真实而短暂，却在人的心里住得最久，挥之不去，怀念那段青涩年华里的欢声笑语，更怀念那夜夜疯狂的星光。虽然菊花褪尽了颜色，但是，年轻时的曾经，真的都还记得，不曾忘记，那是青春年华里我最最美好的记忆和时光，感谢有你们在我的脑海里留下的生活经历。

也许是因为过去那段记忆被搁浅了，或者是空间与时间的距离，让我忘记了曾经那么多的伤痛。虽然曾经的岁月过去，有时也能带给我一种莫名的伤感，更多的是怀念以前那些人和事，那些创业的记忆。总觉得有些人、有些情必须要让他们住进文字里。那些生活在现实中的人与人，总觉得苍天不公，这个社会的现实就是如此。

酒过三杯，香茶帮你回味，大千世界成功人士数不胜数，归根结底那就是成功的人不为艰险，勇于攀登，无知者怕涉过这条河又攀那座山。然而在我们没有一点儿准备时，那满树的花朵随着秋风悄悄地溜走了，成功的人孜孜不倦学而无止，而胸无大志的人则沾沾自喜拿到学位仿佛登上了天。人生如一条淙淙流淌的长河，既有平静也有波澜壮阔的时候，敢想敢做的人力图使自己变富，胸无大志的人做梦想变富，无所作为得过且过。不会淡泊的人必将为生活所不受，而立志的人专注寻找致富的机会，打工仔则尽想着困难重重。事业有成之人，享受创业的生活，庸俗的人则随波逐流接受生活的安排。

人比人气死人，富了的人着重自己的社会关系，领薪水的人只盯着赚的那点钱。创业者往大处着想，心眼小的人往小处打算。富人欣赏别的富人或成功人士，穷人恶语富人和成功人士。聪明的成功者愿意同成功人士交友，贫苦的人愿与穷人搭伴，富人懂得如何安排金钱，穷人则吃光用尽。从不需要刻意地去想如何理财。有钱的人让钱为他服务，缺钱的人则为钱服务。往往在创业的路上成功人士将恐惧置于一旁，而瞻前顾后的人则因失败害怕而止步。创新的人不断优化自己，失败的人则不思进取。与科研挂钩向高新技术迈进的人什么都想得到，反之鼠目寸光的人则会选择取舍。等到成功人士登上高峰高呼人生名言，我创造我的生活，埋头苦干的人则认为生活安排了我。

生命中总会遇到或多或少的问题，很多时候我们都在面对选择，总是会有犹豫也会有彷徨，但是无论是做什么样的决定，都要相信自己，不为过去而忧虑，不为错过而后悔。要知道，当初选择的时候，在我们面前，往往会有很多机会去重新做出选择，可是我们却执意做了最初的决定。其实你心里明白，很多时候不是我们得到的太少，而是我们想要拥有的太多，所以才会苦于抉择，纠结于心。

每个人都有自己的事情，每个人都有自己的情感，看似匆忙的脚步，似乎都隐藏着一些理不清的清愁。往事如烟，那些熟悉的、陌生的，就这样消失在人海，时光总是如此匆匆，今年新花又开，那些与我们有过交错的人与事，也在不知不觉中渐行渐远，心底总会滋生出一丝不舍，仔细想想，缘分自有天注定，而那些失去的岁月，我们只能选择珍藏于心，只将明媚，赐予光阴。

善待人生路上的每一次相逢，珍藏每一缕来自不同方向的阳光。把双手伸过来，就是温暖；把伞撑开来，就能撑出一片晴天。只要我们的心里装着阳光，黑夜再暗，我们也能走向黎明。人生难免有伤心的时候，泪水可以模糊眼睛。只是希望流出了眼泪，澄澈了心。

长夜漫漫，为何要让寒星被声声的叹息湿润。流星划过的时候，有多少惊奇目光正为之雀跃欢呼。可又有谁明了，眨眼的精彩那是多少回碰触才绽出的智慧火花。唯美的诗篇，是心灵刹那间的感动。然而感动的心灵成了诗，那是岁月在生命里的沉淀。曾经再多的精彩，也只是藏在人生这本长卷中的书签，还会有谁去翻阅。

依窗而望，梦想还在远方，期待还在心里。日子绿了叶，开了花，枯了草，飘了雪，憧憬依然还在。我轻敲键盘，将幽怨抖落，藏一缕阳光温暖前方的路。滴下的泪，就让它洗尽心灵的尘埃，湿润脚下的土，让希望的种子在心灵上发芽。让从眼里流进心里的汨汨深情填补那空白的文档。夜幕来临，鸟归巢，远方依然在等待着我去跋涉。

秋风用柔情将枫树叶烤红，捡一片红叶藏在怀中就是为了把秋珍藏。听秋与旧岁告别，我已然站在冬的起点；听心灵与喧嚣告别，我看到一条寂寞的心路在延伸。不要把昨日憧憬的梦，葬在来时的路上，相信远方一定会有梦想的风景。秋枝稀疏，鸟巢裸露，那是一首诗，那是远行人的暖。

昨日的精彩与忧伤就让它成为谱写人生之歌的一个音符，因为命运交响曲还将继续。向忧愁欢笑，向坎坷致敬，为欢乐爽快的微风赞美。有思念就会有回音，有泪水就会有感动，有阳光就会有温暖，你还担心什么呢？

今夜我静坐在时光的一角，将旧岁酿成一杯浓酒，喝下沉睡。四面的白墙隔断不了我的目光。我的目光穿透夜幕看到了心的远方，我的耳朵在静听着心灵的回音。不去望眼欲穿，独守身边的静好，轻抚着素琴，吟唱生命的恋歌，把叹息酝酿成坚实的脚步，把冷清斟酌成意韵的诗行。我用凌乱的文字祭奠已逝的岁月，燃起岁首之火，温暖天地，也将旧岁的哀怨在惜字楼前，燃成纸灰散去。

明天不管前方是否有坎坷与泥泞，只管日夜兼程。心能到达理想的地方，有意志，脚也一定能够到达理想的彼岸。

尽管一切都会逝去，它总留下了你去追寻的路迹，穿越那段时光，仍然能拾起碎碎片片的重影。既然已经注定了不能扭转时光的齿轮，那我们便从最初的起点，手牵着彼此，一起寻找时光里最美好的诠释。

让爱永恒

　　我想世人都懂得，人生是因为缺憾而美丽，而所谓的遗憾，只是丢掉白天的太阳之后，又错过了夜晚的星星。当这一切都过去之后也就誓不言悔了。

　　在这春暖花开的日子里，我的偶然所见，竟让我原本安静的心，久久不能平静。无论命运以怎样残忍的方式赐予一个人以磨难和不幸，但仍会相应地赐予他幸福与甜蜜，即使这幸福是如此短暂与不真实，也可以照亮他短暂的人生。我以为呵出一口气，能化作晴天的云，没想到竟在眼角凝结成雨滴。

　　周末，陪同妻子到省人民医院看望她最要好的同事。进入六楼病房，看到里面陈设了四张病床，同事就住在二号病床。问候了几句话后,同事便简单地介绍了自己的病情,说背部长了一个瘤子，良性的，大夫建议她尽快做手术切除治疗……突然，她旁边三号病床上的患者大哭起来，喊叫着"妈妈，头疼头疼"我扭头望去，只见病床上躺着一个六七岁的小女孩，光着头正在哭喊着。妻子的同事见此情景向我们轻声说道："唉，这孩子叫豆豆，今年才7岁就得了脑癌，真遭罪，这不每天化疗，头发全都掉光了。大夫说这种病到了晚期也没有什么好办法治疗了。"这时又听到孩子在哭叫"我要爸爸，我要爸爸"，迷惑不解的我问道："孩子她爸爸出去了？"妻子的同事摆摆手，压低了声音悄悄地说："唉，这孩子命真苦，她爸爸两年前在一次车祸中丧生了，孩子小家里人没告诉她，只说她爸外出打工了，这不，孩子这几天天天嚷着要爸爸，每天的化疗，时时疼痛，已经把孩子折磨得够可怜的了。当疼痛最让她难以忍受的时候，她嘴里总是呼喊着爸爸。"说着她的眼圈湿润起来，拿出手绢轻轻擦拭起来。我和妻子匆匆向同事道别，快步走出了病房。我看到妻子多次擦拭着眼睛，一路上我俩谁都没说一句话。

一周后，妻子告诉我说她的同事昨天已做了手术，晚饭后我们又去医院探望。说真话，我这次去医院看望，还有一点就是想看看那个叫豆豆的小女孩。初见她时的情景到此刻还时时浮现在我的眼前。怀着忐忑不安的心情，不由得买了两份水果，便急匆匆打的士去了医院。

进入病房时，看到几个值班大夫无精打采地从病房走出来，显得满脸的无奈。病房内，静寂一片，几张病床的病人和陪护人员都一脸严肃地看着三床上躺着的小姑娘——豆豆。此时她苍白的小脸显得那么幼稚，双眼微睁着但看不到一丝光明。大夫说癌细胞扩散压迫视网膜神经，病魔已经将她折磨到了死亡边缘。

白炽灯下一张幼稚的小脸，干裂的小嘴唇似乎在轻轻蠕动，站在一旁泣不成声的母亲似乎明白女儿此刻的心情，扯动着嘶哑的声音说："豆豆，爸爸一会儿就来了。"话未说完泪如雨下，晕倒在床边。

面对这人间生死离别的凄惨情景，我突然感到自己不就是一个父亲吗？为什么不能为这个即将而去的小孩做一次爸爸？人生至少该有一次，为了某个人而忘了自己，不求有结果，不求同行，不求曾经拥有，只求在最充实的生活里，为这个幼小的生命在天涯永隔之时，给她一丁点人间的温暖，还有那慈祥的父爱。

想到这里，我全然不顾，冲到豆豆的病床前，大声地呼喊着："豆豆，爸爸来了，爸爸看你来了。"不知是我粗犷的声音惊醒了豆豆，还是弥留之际的豆豆听到了爸爸的亲切呼喊，脸上露出了甜蜜的微笑，干瘪的小嘴慢慢地张开在说着什么？我低下头来把耳朵放到她的嘴边，从她微弱的喘息声中听到了，我真真切切地听到了，在她气若游丝的喉咙里叫喊着"爸爸"二字。我似乎感到自己的血液在沸腾，紧紧地把小豆豆骨瘦如柴的身躯拥在怀中，不知不觉我已经变成一个泪人。

此刻，我把她的小手放在我的手掌心里，想让一个做父亲的爱传递到豆豆的心灵，想让她感触到父爱的真实。我仿佛感觉到，她的小手在我的食指上滑动，我真感觉到了，是她的小手在紧紧地握住我的手指。此刻我明白了，豆豆的心里在暗示着我再也不要离开她，或者她在暗示着我她会永远牵着爸爸的手。

我似乎预感豆豆欲将她的全部生命和整个心灵，连同寄寓其中的最后幸福，都托于付我。托付于爱她、疼她、念她的爸爸。

一幕人间悲剧，仿若隔世，隐于乱草虬枝墨瓦。听那凄语如玉碎，无助的呐喊将冰冷渗入骨髓，沉入大海，扎入绵绵的十万大山。

牵挂

周末，我怀着很浓的兴趣，又来到城外郊区，位于西果园乡的后山。一眼望去那山腹里长满了棵棵百合。白花初放，含笑迎风，犹如黑夜的明星，闪闪耀人眼帘。它生在山，则花开于山，百花在园，则香熏于园。盛开时不矜夸，凋谢时不悔恨。清雅过世，归于永恒的春天，这天使般清秀的花容，可是人们共同追逐的向往。

任凭星月照耀，夜露洗涤，它总是那样清幽绝伦，绿叶含水，青翠欲流，花蕾初放，不含纤尘。日复一日，今日蓓蕾，明日鲜花，前日残花，为昨天所开，减少了几个含苞，增添了几朵鲜花。

微风过后，送来阵阵幽香，定睛细看，百合花在细雨中开放，花朵犹如和田玉杯中夜露的琼浆玉液，顿时倾注而下，打湿了我的衣裳。不由得伸手折花，清香盈袖。

对花沉思，我突然想起那远方朋友"小雨"的倩影。她给我的印象，圆润的脸庞好比夏天熟透了的苹果——清香馥郁，永葆成熟之色。她总是羞羞答答，好沉思，脸上带着红晕，举止十分文静，胸中小鹿似的被撞一下，碰一下就要倒下，轻易就会人事不省，然而眼神又是柔情万种，勾人眼帘，浑身充满着微笑。我喜欢她的浑圆，所以常叫她"苹果"。

说她像苹果，但更多像是一个如菊一样，清雅高洁的女人。女人们羡慕她，男人们欣赏她，她有着妖娆的姿态，却从不炫耀；有着娇艳的容颜却从不招摇。她就那么平平淡淡地绽放着自己，即使是在萧条的秋天。她的温柔，贤淑让人心旷神怡，她的为人处世让人感到惬意。她沉静而不张狂，内敛而不骄躁，只身在那远离家乡的都市里，独自开放，把一丝丝清香和一丝丝美丽展现在人们面前。

这样一个如菊的女人，有着高洁的品质，淡然处世的态度，她不为生活的大喜大悲而伤害自己，她身上流露着平和与优雅，谈吐不凡，流露着智慧，令人敬佩。

时光如瓷，轻轻地割破了岁月光滑的锦缎，碎了一地光影，却将一个美丽的日子定格。记得初次与苹果的相遇，至今都还让我沉醉在锦里摇荡，不敢相信，真的不敢相信！可是，当我看到眼前她给我写来的那几句话，耳边总有安静睿智的句子在回旋，或者像在轻轻地诉说着对故乡的思念。

夜深了我总是怀着一种热烈的心情，期待她隔屏给我带来的那种晶莹剔透的安静与温暖，我是真的相信，远隔时空的一种相思两厢情，终于在我脑海里形成了那一刻美丽邂逅！

天长地久与曾经拥有的差距，爱情与婚姻的含义。书本上没有给我留下答案，今生我估计也很难明白。未来还可以继续去期待吗？人生短短几十年，其实，很多问题本来就很难明白，况且是这样一个虚虚实实，没有规律的东西。

留一处风景不去看，留一个谜团不去想；留一段往事去怀念，留一份希望去守候。而我，愿意留一颗真心去等你，用我全部的力量去爱，只为那一句：爱情会天长地久！

冬去春来又一年，我每天坚持把心底的记忆擦干净，决不容许外在的花花世界渗进来。可还是抵挡不住玫瑰的诱惑，你说，你追赶那些曾带给你无限刺激的欢乐。你的语声飘荡在我的心里，像那冰冷海水的低吟绕缭，在漫溢寂寥的星光下缓缓释放。

不是诗意，不是欢畅，不是曾经的拥有。时间的变迁，你的记忆移散在尘土之中。我总是希望有一阵可爱的霏雨滋润我的记忆，可干旱早早就降临在你的心田，连我那仅存的一点儿水珠也被你吮得一干二净。

虽然现在你离我很远，可我总感觉到你如一曲忧伤的歌声，每晚带给我的都是伤痕，然后幽幽地拉长对你的无奈。

浓浓的夜色掠过天际吻着我的泪水，昆虫夹着嘶哑的声音为我祭奠那布满血丝的文字。

月亮看起来还是圆满的，我的心却缺了一大半，像是被谁偷走了，残缺不堪，缺的那一大半仿佛都是你，当你对我的存在故意视而不见时，隔着万水千山，我看得见你的眼里复杂的表情，感觉得到你的心跳中有我，只是我们再没有爱的理由。其实我心存感激，感谢命运让我们相遇，感谢我的生命中曾经有你，感谢你的出现带给我的改变。其实我很庆幸，庆幸我，曾把你拥在怀中，庆幸我的双手，曾与你相牵过，庆幸我的双眼，曾见证过你爱怜的眼神。庆幸我的嘴唇舌尖，仍然有你唇齿的清香。

我想，若再见到你，一定会让你看到我微笑的双眼，如初次见面时一样的真挚，若再见你，我会紧紧拥抱你，犹如火红的钢水将你我熔化在一起。若再见你，请容许我从你的身后再拥抱你一次，就像初次仲夏的夜晚，你我长吻在静静的河边。

很想，牵挂你一生。但愿，风过缘起就是燃情岁月，在这情真意切的春天，拾起一些真情，注满豁达和爱心，从此，把对你的责任担在肩头，紧紧握住你的手，彼此共同为对方撑起一棵绿树，痴痴相连，深深相伴，任它风也好雨也罢，霜雪都无惧！摆弄时间的梭，穿过深情的线，织出五彩缤纷的二人世界。

生命中，相识有缘，相知是分，相爱即幸，终老一生才是最终的幸福。

春天已为你捎来希望，等到秋天回归的燕子再为你衔去一曲情远意长的歌，你能做的，就是放开自己，快乐地接受我这份痴心的爱情！

夜更深，寒意更袭人。默默地刻守着一份承诺，遥望凄冷的空街旁一盏瑟瑟飘摇的孤灯，一曲悲凉的旋律，我想此刻一定会勾起你对我无限的思绪。

常常莫名幽叹，或许是日渐憔悴的身躯，还是那些难以放弃的儿女情愁，时时触碰心灵上久未愈合的伤口，夜夜哀怨记忆里日积月累的凄楚。

一味地把自己封锁在屋里，独享那份宁静和寂寞，本以为很小心了，却还是没有躲过这一场情劫。都说是缘分的驱使，前生的注定，当爱到深处，却成忧伤。明知情到深处必转轻薄，万般柔情也只是转身后的一声叹息；明知有一种爱深入骨髓，不为结局，只为相逢，却还是忍不住眼泪，笑着怀念。

现在我终于懂得有了爱情并不等于一定能拥有，也懂得爱情并不能代替所有，更懂得什么叫撕心裂肺的疼，什么是刻骨铭心的痛。当最后已成为当初，约期成了无谓的空壳，倾心的相恋，不舍不弃的承诺，最终成了一段湮灭的天真。

　　将自己封闭在孤独一角，把所有能发光的东西都关掉，让自己沉浸在黑的包围中，合上双眼，任凭里面狂风暴雨，可我只是锁住了这具躯壳，却依旧锁不住心中的那份执着的爱和思绪的忧伤。在这冰冷的角落，那些轮回的时光，偶尔的邂逅。

　　每次听到那熟悉的语调，缠绵的记忆，好像是个深渊，是我无可救药的沦陷。抽泣着啜饮心湖思念的泉，用甘醇和苦涩混合的液体滋润几欲干枯的生命之躯。明白了今生今世缘浅情短，只是那份思念却像生根一般让我无法释怀。

　　飘逸的季节已经渐行渐远，那云天浮水的浪漫一度让视野远离浮尘，让悠远的思绪在我那荒芜的心海里涟漪，而我却在想你的天空中游荡，黯夜的迷茫掩埋了一棵悸动的心。

　　咽泪装欢，思念在冷风中支离破碎，落叶飘零，似幽艳的残笑，几滴凝聚的珠颗，冰冻过的思绪，盈满了整个世界直至装着那份牵挂。

　　经历了打击，就拥有智慧，经历了噩梦，就会清醒，人生就是这样，福祸相依。挺过去，眼前就会出现风和日丽。挺不过去，眼前就会出现暴风雪。只要能挺过去，你就会收获事业或爱情的金秋。

　　你相信寒冷的冬天，能挡得住春花的怒放吗？难道那痛楚的过去，就不能弃之到无尽的海底吗？不敢求富贵，不会求荣升，但深知，唯有心地纯净，脚步轻履，才会踏入坦坦荡荡的人生；不敢求繁华，不愿随名利，但深晓，唯有不断攀登，不畏辛劳，才能不断挺拔生命的高度！

　　如果相爱、相恋的两个人，已成为这个世界的过客，没能留下太多可以炫耀的资本，犹如昙花一现般，即使是淡漠了尘世的冷暖炎凉，依旧觉得有一些牵扯的东西难以舍弃。望着你悲伤的脸，飘飞的泪珠像颗颗透明的心击打着坚硬的玻璃，留下撕裂的伤痕，期盼回来的目光，灼疼了我的眼眸。一瞬间，我褪下了现实的伪装，不禁潸然泪下。

作者的父亲